UN GRILLO EN TIMES SQUARE

GEORGE SELDEN

Un grillo
en Times Square

Ilustraciones de GARTH WILLIAMS

Traducción de ROBIN LONGSHAW

MIRASOL / *libros juveniles*

Farrar, Straus & Giroux

New York

ÍNDICE

UN GRILLO EN TIMES SQUARE

UNO

Tucker

Un ratón observaba a Mario.

El ratón se llamaba Tucker y estaba sentado en la boca de un desagüe abandonado, en la estación de metro de Times Square. Ese desagüe era su hogar, y se abría, unos centímetros más allá, en una especie de cueva que Tucker había llenado con trocitos de papel y tiras de tela recogidos aquí y allá. Cuando Tucker no se dedicaba a buscar cosas en el metro, una actividad que él llamaba "vivir de gorra", o a dormir, lo que más le gustaba era sentarse en la entrada de su desagüe a ver pasar el mundo, al menos el mundo que corría de un lado a otro en la estación de metro de Times Square.

Tucker engulló las últimas migas de una galleta de mantequilla que había encontrado por la tarde, y se lamió los bigotes.

—¡Es una pena!—suspiró.

Todos los sábados por la noche, desde hacía casi un año, observaba cómo Mario cuidaba el quiosco de periódicos de su padre. Los días laborables el muchacho tenía que acostarse temprano, pero los fines de semana papá Bellini le permitía ayudar en el negocio familiar. Mario pasaba muchas horas allí, porque papá creía que si el quiosco permanecía abierto más tiempo, podría atraer la clientela que normalmente acudía a los otros quioscos más grandes. Pero esta noche apenas había clientes.

—Más le valdría al pobre chico irse a casa—se dijo Tucker, mirando a su alrededor.

Hacía ya mucho que el trajín del día se había calmado, y hasta los viajeros de la noche, que regresaban del cine o el teatro, habían desaparecido. Sólo de tarde en tarde, alguien bajaba por una de las muchas escaleras que unían el metro con la calle, y cruzaba deprisa la estación. A esa hora todo el mundo quería llegar cuanto antes a casa. En el nivel inferior, los trenes pasaban con menos frecuencia, y se producían largos períodos de silencio. De vez en cuando se escuchaba un rugido que aumentaba en potencia según se acercaba el tren a la estación de Times Square y que era seguido por una pausa mientras bajaban unos viajeros y subían otros nuevos. Finalmente, un ruido sordo mientras desaparecía en el túnel oscuro.

Tucker Ratón volvió a mirar a Mario. El chico estaba sentado sobre un taburete de tres patas, y delante tenía diferentes revistas y periódicos expuestos con todo el arte de que era capaz. Papá Bellini había construido el quiosco hacía ya mucho tiempo. El sitio que quedaba dentro era suficiente para Mario, pero papá y mamá estaban un poco apretados cuando les tocaba hacer su turno. En uno de los laterales había una repisa, y en ella una radio de segunda mano, una caja de pañuelos de papel (para la alergia de mamá), una caja de fósforos de cocina (para la pipa de papá), una caja registradora (para el dinero, aunque nunca había mucho) y un despertador (por ningún motivo en particular).

La caja registradora tenía un cajón que siempre estaba abierto. Una vez se había quedado atascado, atrapando dentro todo el dinero que tenían los Bellini en este mundo. Desde ese día papá había decidido no volver a cerrarla nunca más. Cuando se cerraba el quiosco por la noche, el dinero que se dejaba en él para empezar el día siguiente estaba seguro, ya que papá también había hecho una cubierta de madera con un cerrojo que protegía todo el quiosco.

Mario, que había estado oyendo la radio, la apagó. A lo lejos, vio venir el "shuttle", la línea que circulaba por el andén más próximo al quiosco. Este tren unía las estaciones de Times Square y Grand Central, y transportaba a las gentes del lado este de Manhattan hasta el lado oeste. Mario conocía a casi todos los conductores de esta línea. Eran sus amigos, y entre viaje y viaje se acercaban a conversar con él.

Con un agudo chirrido, el tren se detuvo al lado del quiosco, levantando una oleada de aire caliente. Tan sólo nueve o diez personas bajaron de él. Tucker esperó ansioso que alguno se detuviera a comprar un periódico.

—¡Las últimas ediciones!—gritó Mario mientras la gente apresuraba el paso—.¡Revistas!

Pero nadie paró, ni siquiera le miraron. En toda la noche tan sólo había vendido quince periódicos y cuatro revistas. En su desagüe, Tucker Ratón, que también llevaba la cuenta, suspiró, rascándose la oreja.

Paul, uno de los conductores del "shuttle", y amigo de Mario, se acercó al quiosco.

Un Grillo en Times Square

—¿Qué tal va el negocio?—preguntó.

—Mal—respondió Mario—. Quizás con el próximo tren . . .

—Cada vez vendrá menos gente hasta la mañana.

Mario recostó su barbilla sobre una mano y dijo:

—No lo entiendo. Es sábado por la noche y ni siquiera se está vendiendo la edición del domingo.

Paul se apoyó contra el quiosco.

—Es muy tarde para ti, ¿no?

—Sí—contestó Mario—, pero los domingos puedo dormir tarde. Además, ya no tengo colegio. Mamá y papá me recogerán de camino a casa. Han ido a visitar a unos amigos; el sábado es su única oportunidad.

Por el altavoz se escuchó:

—Próximo tren a Grand Central, a estacionarse en vía dos.

—Buenas noches, Mario—se despidió Paul, dirigiéndose hacia el tren. Entonces se detuvo, sacó una moneda de cincuenta centavos y se la lanzó a Mario, que la atrapó sin problemas.

—Me llevo el *Times* del domingo—dijo Paul, agarrando el periódico.

—¡Eh, espera!—gritó Mario tras él—. Sólo son veinticinco centavos, tengo que darte el cambio.

Pero Paul ya había entrado en el vagón, y la puerta se cerró tras él. Sonrió, despidiéndose con la mano a través del cristal. El tren arrancó bruscamente y se alejó, mientras sus luces lanzaban destellos desde el túnel.

Tucker también sonreía. Paul le caía muy bien. De hecho, le caía bien cualquiera que fuese amigo de Mario.

Un Grillo en Times Square

Pero era tarde. Había llegado la hora de acostarse en su confortable agujero.

Hasta un ratón que vive en la estación de metro de Times Square tiene que dormir de vez en cuando, y Tucker había hecho muchos planes para el día siguiente, entre ellos buscar objetos para su casa y recolectar trocitos de comida que caían de las cafeterías y se hallaban esparcidos por toda la estación. Estaba a punto de meterse en su guarida cuando oyó un ruido extraño.

Tucker Ratón había escuchado casi todos los ruidos que pueden oírse en la gran ciudad de Nueva York. Conocía el sonido de los trenes del metro y el chirrido que hacen sus ruedas al doblar una esquina. Desde arriba, a través de las rejillas de ventilación, oía el ruido de las ruedas de los automóviles, de sus bocinas y sus frenos. Y conocía también el murmullo de las voces cuando la estación estaba llena de seres humanos, y el ladrido de los perros que algunos llevaban con ellos. Tucker había oído el ruido de los pájaros, de las palomas de Nueva York, y de los gatos, e incluso el lejano ruido de los aviones que sobrevolaban la ciudad. Pero en toda su vida, durante los muchos viajes que había hecho a través de la ciudad más grande del mundo, Tucker jamás había escuchado un sonido parecido a éste.

DOS

Mario

Mario también lo había oído. Se puso de pie, escuchando con atención. El ruido del tren se apagó y desde las calles le llegó el sordo murmullo del último tráfico nocturno. En la estación se percibía una nada inquietante. Mario se esforzó por captar de nuevo el sonido misterioso, y de repente volvió a escucharse.

Era como si alguien hubiera tocado rápidamente las cuerdas de un violín o un arpa. Si una hoja de un verde bosque, lejos de Nueva York, hubiera caído a la medianoche, a través de la oscuridad, habría sonado igual.

Mario creyó saber lo que era. El verano anterior había visitado a un amigo que vivía en Long Island. Una tarde, mientras el sol poniente alisaba la hierba con sus largos dedos amarillos, Mario se había detenido al lado de una pradera para escuchar ese mismo sonido. Pero en aquel entonces eran muchos, todo un coro.

Ahora, sin embargo, sólo parecía haber uno. Débilmente volvió a dejarse oír en la estación de metro. Mario salió rápidamente del quiosco y tan pronto como escuchó de nuevo el sonido se fue hacia él. Parecía surgir de un rincón cercano a la escalera que llevaba a la Calle 42. Con gran sigilo, Mario se fue hacia allí. Durante varios minutos reinó el silencio. El autor del ruido le había oído acercarse y se había quedado quieto. Mario esperó callado. Entonces volvió a oírlo: salía de entre un montón de hollín y papeles viejos que se habían ido amontonando contra el muro de cemento.

Mario se agachó y con todo cuidado empezó a retirar los papeles. Uno por uno, los inspeccionaba y los apartaba. Los papeles salían cada vez más sucios. Mario tocó el suelo. Empezó a palpar con sus manos el hollín y el polvo. Y por fin, escondido en una grieta, entre toda aquella basura, encontró lo que había estado buscando. Era un pequeño insecto, de unos dos centímetros y medio de largo. Tenía seis patas, dos antenas larguísimas en la cabeza y lo que parecían ser dos alas plegadas sobre la espalda. Y estaba completamente cubierto de polvo. Con todo el cuidado de que era capaz, Mario posó su descubrimiento en la palma de la mano.

—¡Un grillo! —exclamó.

Manteniendo su mano en forma de cuenco, regresó al quiosco. El grillo permanecía inmóvil, y no había vuelto a emitir tampoco su sonido musical. Parecía dormido o muerto de miedo.

Mario sacó un pañuelo de papel y acostó sobre él al grillo. Después sacó otro y comenzó a limpiarle. Con mucha delicadeza, pasó el pañuelo por el duro caparazón negro, las antenas, las patas y las alas. Poco a poco, la suciedad que se había acumulado en el cuerpecito del grillo desapareció. Su verdadero color seguía siendo negro, pero ahora tenía un intenso brillo.

Cuando Mario terminó de limpiarlo lo mejor que pudo, buscó en el suelo de la estación hasta dar con una

caja de fósforos vacía. Le quitó un extremo. Después dobló un pañuelo de papel, lo metió en la cajita y por último introdujo al pequeño insecto. Resultó una cama perfecta. El grillo parecía contento con su nueva casa, y se dio vuelta un par de veces hasta ponerse cómodo.

Mario se sentó a observarlo. Estaba tan sorprendido y emocionado que se olvidó de gritar "¡Periódicos, revistas!" cuando alguien cruzaba la estación.

Entonces se le ocurrió una idea: quizás el grillo tuviera hambre. Buscó en el bolsillo de su chaqueta hasta encontrar un trozo de chocolate que le había sobrado de la cena. Mario rompió una esquina y se la ofreció al grillo en la punta de su dedo. Con sumo cuidado, el insecto levantó la cabeza hacia el chocolate. Pareció olerlo durante unos momentos. Después comió un poquito. Un escalofrío de placer recorrió el cuerpo de Mario mientras el grillo comía de su mano.

Mamá y papá Bellini subieron las escaleras desde el nivel inferior de la estación. Mamá era una mujer bajita y un poco más gruesa de lo que a ella le gustaba reconocer. Respiraba con fuerza, y se le ponía roja la cara cuando tenía que subir escaleras. Papá era muy alto, y a veces tenía la espalda encorvada, pero poseía una expresión muy amable. Parecía sonreír siempre. Mario estaba tan ocupado dando de comer a su grillo que no los vio llegar al quiosco.

—Bueno —dijo mamá, mirando por encima del mostrador—, ¿y ahora qué pasa?

—¡He encontrado un grillo! —exclamó Mario.

Lo sujetó con gran cuidado entre el pulgar y el índice y se lo mostró a sus padres.

Mario

Mamá examinó a la pequeña criatura con atención.

—Es un insecto —pronunció finalmente—. Tíralo.

La alegría de Mario se derrumbó.

—¡No, mamá! —dijo ansiosamente—. Es un insecto especial. Los grillos traen buena suerte.

—Buena suerte, ¿eh? —la voz de mamá adquiría un tono seco cuando ella no se creía algo—. Los grillos traen buena suerte, claro, claro, y las hormigas traerán más, y las cucarachas más aún, ¿no? Tíralo.

—¡Por favor, mamá! Quiero que sea mi mascota.

—No vas a llevar ningún insecto más a casa, ya tenemos bastantes con los que se cuelan por los agujeros de los mosquiteros. Ese grillo atraerá a sus amigos. Llegarán de todas partes, y pronto tendremos la casa llena de insectos.

—Que no, mamá —dijo Mario con tono convincente—. Vamos, te arreglaré los mosquiteros.

Pero ya sabía que no iba a servirle de nada discutir con mamá. Cuando ella tomaba una decisión, era más fácil razonar con el metro de la Octava Avenida.

—¿Qué tal han ido las ventas esta noche? —preguntó papá.

Papá era un hombre pacífico, y siempre trataba de evitar las discusiones. Poseía un gran talento para cambiar de tema.

—Quince periódicos y cuatro revistas. Y Paul acaba de comprar un *Times* del domingo.

—¿Nadie se ha llevado un *América Musical* o algo bueno?

Papá estaba muy orgulloso de vender en su quiosco todas las revistas que él llamaba "de calidad".

Un Grillo en Times Square

—No —respondió Mario.

—Si pasaras menos tiempo jugando con grillos, venderías más periódicos —dijo mamá.

—Oh, vamos, vamos —dijo papá, queriendo tranquilizarla—Mario no tiene la culpa de que la gente no quiera comprar.

—Además, con un grillo puedes saber la temperatura que hace —afirmó Mario—. Sólo tienes que contar el número de "cri cris" que oyes en un minuto, luego lo divides por cuatro y le sumas cuarenta. Son muy inteligentes, de verdad.

—¿Y quién necesita un grillo termómetro?—dijo mamá.—Estamos entrando en el verano, esto es Nueva York, y hace mucho calor. Y además, ¿cómo sabes tú tanto de grillos? ¿Acaso eres uno de ellos?

—Me lo contó Jimmy Labovski el verano pasado—dijo Mario.

—Entonces dáselo al experto de Jimmy Labovski —sentenció mamá—. Los insectos son portadores de gérmenes, de modo que ese grillo no va a entrar en nuestra casa.

Mario miró a su nuevo amigo, que descansaba sobre la palma de la mano. Por una sola vez se había sentido realmente feliz. El grillo presintió que algo iba mal, porque saltó a la repisa y se refugió en la caja de fósforos.

—Podría dejarlo aquí —propuso papá.

Mario se entusiasmó con la idea.

—¡Sí! Así no tendría que entrar en casa. Mira, mamá, puedo darle de comer aquí y dejarle dormir por las

noches. Tú no tendrás que verlo nunca, porque cuando estés trabajando en el quiosco, me lo llevaré a pasear.

Mamá dudó.

—Un grillo . . . —murmuró con desdén—. ¿Y qué tenemos nosotros que ver con un grillo?

—¿Y qué tenemos que ver con un quiosco? —preguntó papá. —Si lo tenemos, lo tenemos. Y ya está.

Había mucho de amable resignación en el carácter de papá.

—Me dijeron que podría tener un perro, pero nunca he llegado a tenerlo —se quejó Mario—. Ni un gato, ni un pájaro ni nada. Quiero a este grillo de mascota.

—Entonces es tuyo —dijo al fin papá.

Y cuando papá usaba ese tono sereno para hablar, no había nada que hacer, ni siquiera mamá se atrevía a contradecirle. Ella se limitó a respirar hondo y dijo:

—Bueno . . . —Mario supo que todo iba a ir bien. Cuando mamá decía "Bueno" era señal de que se rendía—. Pero sólo por un tiempo de prueba, ¿eh? Si vemos que empieza a traer a sus amigos o comenzamos a tener enfermedades curiosas, irá a la calle.

—Sí, mamá, lo que tú digas —concedió Mario.

—Venga, hijo, ayúdame a cerrar.

Mario acercó la caja de fósforos a sus ojos. Estaba seguro de que el grillo debía sentirse mucho más feliz ahora que sabía que le dejaban quedarse.

—Buenas noches—le dijo—. Volveré por la mañana.

—¡Ya está hablando con él! —exclamó mamá—. Mi hijo es un grillo.

Papá agarró uno de los extremos de la cubierta, y

Mario

Mario el otro, y entre los dos cerraron el quiosco. Luego papá puso el candado.

Mientras bajaban hacia el metro, Mario miró por encima de su hombro. Casi podía sentir cómo su nuevo amigo se acurrucaba en su caja de fósforos, en la oscuridad.

TRES

Chester

Tucker Ratón había observado a los Bellini, mientras oía su conversación. Después de vagabundear y vivir de gorra, escuchar lo que decían los humanos era su pasatiempo favorito, y uno de los motivos principales por los que vivía en la estación de metro de Times Square. En cuanto la familia desapareció, Tucker cruzó corriendo al quiosco. En uno de los lados de la cubierta, dos planchas de madera separadas habían dejado un hueco lo bastante grande como para que un ratón pudiera colarse dentro. Tucker lo había hecho ya en otras ocasiones, con la sana e inocente intención de explorar. Por unos instantes, se quedó bajo el taburete, mientras sus ojos se acostumbraban a la oscuridad. Luego saltó al taburete.

—¡Psss! ¡Eh, tú, el de ahí arriba! —susurró—. ¿Estás despierto?

Nadie le respondió.

—¡Psss, psss! ¡Eh! —volvió a llamar Tucker, esta vez con más fuerza.

Desde arriba le llegó un sonido seco: unas pequeñas patas tanteaban la repisa.

—¿Quién eres y qué haces ahí? —dijo una voz.

Chester

—Soy yo. Aquí, en el taburete —dijo Tucker.

Una cabeza negra con dos ojos brillantes y negros se asomó.

—¿Y quién eres tú?

—Un ratón —respondió Tucker—. ¿Y tú?

—Soy un grillo, y me llamo Chester—. Tenía una voz aguda y musical, y todo lo que decía parecía una insólita melodía.

—Pues yo me llamo Tucker —dijo el ratón—. ¿Puedo subir?

—Supongo que sí —dijo Chester Grillo—. De todas formas, ésta no es mi casa.

De un brinco, Tucker se plantó junto al grillo y le miró fijamente.

—¡Un grillo! —exclamó con admiración—. Nunca había visto uno antes.

—Pues yo sí he visto ratones. Conocí a muchos cuando vivía en Connecticut.

—¿Eres de allí? —preguntó Tucker.

—Sí —dijo Chester, y luego exclamó con nostalgia—: Supongo que no volveré a verlo nunca más.

—¿Y cómo has llegado hasta Nueva York? —quiso saber Tucker.

—Oh, es una larga historia.

—Anda, cuéntamela —añadió, poniéndose cómodo.

Le encantaba que le contaran historias, sobre todo si eran verdaderas. Le parecía casi tan divertido como husmear.

—Bueno . . . Hace dos o tres días, estaba yo sentado sobre un tronco de árbol que me sirve de casa. Disfrutaba del buen tiempo y pensaba en lo bonito que es el verano.

Chester

Yo vivo en un tronco que está junto a un sauce, y a menudo suelo subir al tejado de mi casita para ver qué pasa fuera. Aquel día también había estado practicando mis saltos. Al otro lado del tronco hay un pequeño riachuelo, y estuve brincando de una a otra orilla para mantener mis patas en forma durante todo el verano. Yo salto mucho, ¿sabes?

—Ah, bueno. Yo también —le interrumpió Tucker—, sobre todo en las horas punta.

—Bueno, pues estaba terminando mi entrenamiento cuando olí algo que me encanta —prosiguió Chester—. Era paté de hígado...

—¿Te gusta el paté de hígado? —volvió a interrumpir Tucker—. ¡Espera, espera! ¡Un momento!

De un solo salto bajó desde la repisa hasta el suelo y corrió hacia su desagüe. Chester le observó ladeando la cabeza. Tucker le parecía un tipo muy nervioso, incluso para ser un ratón.

Dentro del desagüe, el escondrijo de Tucker, había todo un lío de papeles, trocitos de tela, botones, baratijas perdidas, monedas y todas las demás cosas que pueden encontrarse en una estación de metro.

Tucker lanzaba cosas a diestro y siniestro en busca de algo. La vida ordenada no se había hecho precisamente para él. Por fin halló lo que buscaba: un gran pedazo de paté de hígado que había encontrado aquella misma tarde. En teoría estaba destinado a ser su desayuno al día siguiente, pero Tucker decidió que conocer a un grillo era un acontecimiento más que especial, y había que celebrarlo. Sujetó el paté entre sus dientes y corrió de nuevo hacia el quiosco.

Un Grillo en Times Square

—¡Mira! —dijo, orgulloso—. ¡Es paté de hígado! Puedes seguir con tu historia, y mientras tomaremos una cena ligera.

Puso el paté de hígado delante de Chester Grillo.

—Eres muy amable —dijo Chester, emocionado al ver que un ratón al que sólo conocía de unos minutos compartía su comida con él—. Antes he tomado un poquito de chocolate, pero aparte de eso, no había probado bocado en tres días.

—Pues anda, ¡come, come! —le animó Tucker. Con sus dientes partió en dos el trozo de paté de hígado, y le ofreció a Chester el más grande—. Bueno, entonces quedamos en que oliste el paté de hígado. Y después ¿qué pasó?

—Me bajé del tronco y me dirigí hacia el lugar de donde me llegaba el olor.

—Lógico —comentó Tucker, con la boca llena—. Es justamente lo que habría hecho yo.

—Pues el olor salía de una cesta de picnic que estaba un par de arbustos más allá de mi casa, justo donde empieza la pradera. Allí había un grupo de gente merendando. Tenían huevos duros, pollo asado, fiambre de carne y un montón de cosas más, aparte de los sandwiches de paté de hígado que yo había olido.

Tucker gimió de gusto al imaginar tanta comida.

—Como estaban jugando, no me vieron saltar dentro de la cesta —siguió Chester—. Estaba seguro de que no les importaría que probara un poquito.

—Naturalmente que no —dijo Tucker en tono solidario—. ¿Por qué iba a importarles? Había bastante comida para todos. ¿Quién podría culparte?

Un Grillo en Times Square

—Bueno, tengo que reconocer que probé más que un poco. De hecho, comí tanto que no podía mantener los ojos abiertos. Me quedé dormido dentro de la misma cesta. Después, todo lo que recuerdo es que alguien puso una bolsa con bocadillos de carne encima de mí y ya no me pude mover.

—¡Imagínate! —exclamó Tucker— ¡Atrapado bajo los bocadillos de carne! ¡Madre mía! Bueno, hay suertes peores.

—Al principio no me sentía muy asustado. Pensé que serían de New Canaan o de algún otro pueblo cercano, y tendrían que sacar las cosas de la cesta tarde o temprano. ¡No podía ni imaginar lo que me esperaba! —movió la cabeza y suspiró—. Noté cómo la cesta era introducida en un coche, que la trasladó a alguna parte. Luego la bajaron en otro lugar, una estación de tren supongo. Entonces la volvieron a subir a otro sitio, y pude oír el ruido de un tren. Ahora ya sí que estaba asustado. Sabía que cada minuto que pasaba me alejaba más de mi viejo tronco. Además, empezaba a sentirme aplastado por aquellos dichosos bocadillos.

—¿Por qué no intentaste abrir un túnel en la comida?

—En mi estómago no había sitio para un bocado más —explicó Chester—. Menos mal que de vez en cuando el tren se inclinaba hacia un lado y yo conseguía liberarme un poco.

—Seguimos viajando durante un tiempo, y por fin el tren se detuvo. No tenía ni idea de dónde podíamos estar, pero en cuanto los dueños de la cesta se bajaron, imaginé que por el ruido aquello no podía ser más que Nueva York.

Chester

—¿No habías estado aquí nunca? —le preguntó Tucker.

—¡Cielos, no! Aunque me había hablado de esta ciudad una golondrina que volaba sobre ella todos los años, cada vez que emigraba al norte o al sur. Además, ¿qué pintaría yo aquí? Soy un grillo de campo —dijo Chester, balanceándose incómodo.

—No te preocupes, yo te daré paté de hígado, y vas a estar más que bien aquí. Anda, sigue contando.

—Ya casi he terminado —dijo Chester—. Aquellas gentes se bajaron del tren y, tras andar un poco, se subieron a otro que hacía aún más ruido.

—El metro, claro —dijo Tucker.

—Supongo que sí. Puedes imaginar lo asustado que estaba. No tenía ni idea de a dónde iban. Por lo que yo sabía, podían estar camino de Texas, aunque supongo que no hay mucha gente de Texas que vaya a merendar a Connecticut.

—Bueno, podría ser —concedió Tucker, asintiendo con la cabeza.

—De todas maneras, me esforcé por librarme, y al fin lo conseguí. Cuando se bajaron del segundo tren, salté fuera de la cesta y fui a caer a un montón de basura, en una de las esquinas de este lugar.

—¡Vaya forma de llegar a Nueva York! —comentó Tucker—. Acabar en un montón de basura en la estación de Times Square . . .

—Y aquí estoy —concluyó Chester con tono apagado—. Llevaba tres días en ese rincón, sin saber qué hacer. Al final estaba tan nervioso que me puse a cantar.

25

Un Grillo en Times Square

—¡Ah! ¡Ése era el sonido! —le interrumpió Tucker Ratón. Lo oí, pero no sabía lo que era.

—Pues sí, era yo —dijo Chester—. Normalmente no canto hasta más entrado el verano, pero ¡Dios mío! tenía que hacer algo.

El grillo había estado sentado en el borde de la repisa. Por algún motivo, quizás un leve ruido, algo así como el de unas pequeñas patas que cruzaban el suelo de puntillas, Chester miró hacia abajo. Entonces una sombra que había estado agachada en la oscuridad saltó a la repisa justo a Tucker y Chester.

—¡Cuidado! —gritó el grillo—. ¡Un gato! —y se lanzó de cabeza a la caja de fósforos.

CUATRO

Harry Gato

Chester hundió la cabeza entre los pliegues del pañuelo de papel, para no ver cómo mataban a su nuevo amigo, Tucker Ratón. Algunas veces, en Connecticut, había observado las desiguales peleas entre un gato y un ratón en plena pradera. Si el ratón no estaba cerca de su madriguera, las peleas siempre terminaban de la misma forma. Ahora este gato les había sorprendido, y Tucker no podría escapar.

No se oyó nada, así que Chester decidió alzar la cabeza y mirar detrás de él con mucho cuidado. El gato, un enorme tigre con rayas grises y negras, estaba sentado en la repisa con la punta de su cola apoyada en las patas delanteras. Y justo entre quellas patas, en las mismísimas fauces de su enemigo, se hallaba Tucker Ratón, que observaba a Chester con sorpresa y curiosidad. El grillo empezó a hacerle señas desesperadas para que viera lo que le amenazaba.

Pero Tucker alzó la vista con gesto tranquilo. El gato a su vez le miró amablemente.

—¡Oh, él! Es mi mejor amigo —dijo Tucker, acariciando al gato con una de sus patas delanteras—. Anda, sal de la caja de fósforos, y no te preocupes.

Un Grillo en Times Square

Chester salió lentamente. Observó primero al gato y luego al ratón.

—Chester, te presento a Harry Gato —dijo Tucker—. Harry, éste es Chester. Es un grillo.

—Encantado de conocerte, amigo —dijo Harry con voz sedosa.

—Hola —saludó Chester. Se sentía bastante ridículo por el escándalo que había armado, así que decidió explicarse—: No me he asustado por mí, sino por ti, Tucker. Creí que los ratones y los gatos eran enemigos.

—Bueno, en el campo quizás sí —dijo Tucker—, pero en Nueva York abandonamos esa vieja costumbre hace ya muchos años. Harry es mi amigo más antiguo y vive conmigo en el desagüe. ¿Qué tal te van las cosas esta noche, Harry?

—No muy bien —respondió Harry Gato—. He estado buscando en la basura del este de la ciudad, pero la gente rica no tira todo lo que debiera.

—Chester, haz ese sonido para Harry, anda —le pidió Tucker Ratón.

Chester levantó sus alas negras, que estaban cuidadosamente plegadas sobre su espalda, y con un toque rápido y experto, puso una sobre la otra. Un agudo sonido, amplificado por el eco, se extendió por toda la estación.

—Muy bonito, realmente, muy bonito —comentó el gato—. Este grillo tiene talento, sí señor.

—Yo creí que lo que hacías era cantar, pero se parece más a tocar un violin, ¿verdad? —dijo Tucker—. Un ala es como el arco, y la otra sirve de cuerda.

Un Grillo en Times Square

—Sí —contestó Chester—. Estas alas no me sirven precisamente para volar, pero no me importa, yo prefiero la música.

Y tras decir esto, volvió a frotar por tres veces sus alas. Tucker y Harry Gato se sonrieron.

—Cuando lo escucho, siento deseos de ronronear —dijo Harry.

—Hay quienes dicen que los grillos hacemos "cri, cri, cri", y otros afirman haber oído "tri, tri, tri". Pero nosotros no estamos de acuerdo ni con unos ni con otros.

—A mí me suena más a "gri, gri, gri" —propuso Harry.

—Quizás por eso les llaman grillos —añadió Tucker.

Los tres se rieron. La risa de Tucker era entrecortada y aguda, como si tuviera hipo. Ahora Chester se sentía ya mucho mejor. El futuro no se le presentaba tan triste como cuando estaba casi sepultado en la suciedad del rincón.

—Te quedarás un tiempo en Nueva York ¿no? —le preguntó Tucker.

—Supongo que no habrá más remedio —dijo Chester—. Ahora mismo no tengo ni idea de cómo volver a casa.

—Bueno, podríamos llevarte a Grand Central y dejarte en un tren que vaya a Connecticut —le explicó Tucker—. Pero, ya que estás aquí, ¿por qué no pruebas un poco la vida urbana? Conocerás gente nueva, verás cosas distintas . . . A Mario le has caído muy bien.

—Sí, pero a su madre no —se quejó Chester—. Cree que tengo gérmenes.

—¿Gérmenes? —exclamó Tucker con desdén—. Ella

no reconocería un germen aunque uno de ellos le pusiera un ojo morado. No le hagas caso.

—Es una pena que no hayas encontrado amigos con mejor fortuna. No sé lo que va a pasar con este quiosco —dijo Harry Gato.

—Es verdad —le apoyó Tucker—. El negocio se hunde.

—Tucker saltó por encima de un montón de revistas y leyó los nombres a la tenue luz que se colaba por la grieta de las tablas de madera.

—*Noticias de Arte, América Musical.* ¿Quién lee esto, aparte de unos cuantos intelectuales melenudos? —dijo.

—No entiendo tu forma de hablar —se disculpó Chester. En la pradera había escuchado a las ranas, los castores, los conejos, y a alguna serpiente que otra, pero jamás había oído a nadie que hablara como Tucker—. ¿Qué es un melenudo?

Tucker se rascó la cabeza y pensó un poco.

—Uhmm, bueno... Un melenudo es una persona super-refinada, como por ejemplo un galgo afgano. Eso es un melenudo.

—¿Y los galgos afganos leen *América Musical*? —preguntó el grillo.

—Lo harían si pudieran —dijo Tucker.

—Me temo que nunca voy a entender lo que pasa en Nueva York —dijo Chester, cabizbajo.

—¡Por supuesto que lo entenderás! —exclamó Tucker—. Harry, ¿qué te parece si llevamos a Chester a ver Times Square? ¿Te gustaría, Chester?

—Supongo que sí —respondió Chester, aunque la verdad es que se sentía bastante nervioso.

Un Grillo en Times Square

Los tres bajaron al suelo y atravesaron la grieta en la madera, que tenía el ancho preciso para que Harry pudiera pasar por ella.

Mientras cruzaban el vestíbulo de la estación de metro, Tucker le iba mostrando las atracciones locales, como la cafetería Nedick's, en la que el ratón solía pasar mucho tiempo, y la bombonería Loft's. Llegaron así al desagüe. Chester tuvo que dar unos saltitos muy pequeños, para no golpearse la cabeza mientras subían. El tubo parecía girar y enrollarse cientos de veces, pero Tucker Ratón conocía de sobra el camino, incluso a oscuras. Por fin, Chester vio unas luces encima de ellos. Un salto más le llevó fuera. Y ahí se quedó, sin aliento, agachado contra el cemento de la acera.

Se encontraban en una de las esquinas del edificio del Times, situado en el extremo sur de Times Square. Torres como montañas se alzaban sobre la cabeza del grillo, hacia el cielo estrellado de la noche. Era muy tarde, pero los letreros de neón seguían encendidos. Luces rojas, azules, verdes y amarillas lo iluminaban todo, y el aire estaba lleno del ruido ensordecedor de los humanos que iban y venían. A Chester, Times Square le pareció una enorme concha marina llena de colores y ruidos que parecían olas chocando una y otra vez. Sintió una punzada en el corazón y cerró los ojos. Lo que estaba viendo era demasiado bello y terrible para un grillo que hasta entonces había medido las alturas comparándolas con su tronco, y los ruidos con el burbujeo de su riachuelo.

—¿Qué te parece? —le preguntó Tucker Ratón.

—Bueno . . . es . . . es algo asombroso —balbuceó Chester.

Un Grillo en Times Square

—Pues si lo vieras la noche de fin de año . . . —dijo Harry Gato.

Poco a poco, los ojos de Chester se fueron acostumbrando a las luces. Y allí, muy arriba, sobre Nueva York y el resto del mundo, vio brillar una estrella. Quiso pensar que era la misma que brillaba sobre su pradera de Connecticut y la cual él solía contemplar.

Cuando bajaron de nuevo a la estación y Chester regresó a su caja de fósforos, pensó de nuevo en esa estrella. Le reconfortaba saber que brillaba algo familiar en medio de tantas cosas nuevas y extrañas para él.

CINCO

El domingo
por la mañana

A la mañana siguiente, Mario acompañó a su padre al quiosco. Normalmente, los domingos solía dormir hasta bien entrada la mañana, pero en esta ocasión se había levantado incluso antes que sus padres, y no paraba de decirle a papá Bellini que se diera prisa.

Retiraron la cubierta del quiosco y Mario entró rápidamente y abrió la caja de fósforos: allí estaba Chester, sobre su pañuelo de papel. Pero no dormía, parecía estar esperando a Mario. Cantó una vez.

Papá sonrió al oírlo.

—Debe de estar a gusto aquí —comentó—. No se ha fugado esta noche.

—Ya sabía yo que se quedaría —dijo Mario.

Para el desayuno, el chico había traído una corteza de pan, un terrón de azúcar y una col de Bruselas fría. Como no sabía muy bien lo que comían los grillos, pensó que lo mejor sería darle a probar de todo un poco. Chester saltó por encima del meñique de Mario y aterrizó en la palma de su mano, donde le esperaba la comida.

En el campo, su dieta normal consistía en una mezcla de hojas y hierba y de vez en cuando un poco de corteza tierna de árbol. Pero ahora, en Nueva York, comía pan, dulces y paté de hígado. Y todo le parecía delicioso.

Cuando Chester había comido todo lo que quería, Mario envolvió lo que quedaba en un papel encerado y lo guardó en la caja registradora. Después metió al grillo dentro de su caja de fósforos y lo llevó con él a una de las cafeterías.

—Mira —le dijo al camarero de la barra—. Éste es mi nuevo amigo. Es un grillo.

El camarero se llamaba Mickey, y tenía el pelo rojo y rizado.

—Vaya, muy bonito —comentó.

—¿Puedes darle un vaso de agua, por favor?

—Claro — respondió Mickey, y se lo acercó.

Mario sujetó a Chester por las patas traseras y con mucho cuidado lo bajó casi hasta el agua. Chester metió la cabeza y bebió. La sacó, respiró y volvió a meterla de nuevo.

—¿Por qué no le dejas en el borde del vaso? —sugirió Mickey. Observaba a Chester con gran interés, pues nunca había visto a un grillo beber en un vaso.

Mario dejó a su pequeño amigo en el borde y lentamente apartó la mano. Chester se agachó para beber, pero no pudo agarrarse bien al borde y cayó dentro del vaso. Mario tuvo que ponerlo a salvo y secarlo con una servilleta de papel. Pero a Chester no pareció molestarle el baño. Se había caído un par de veces al arroyo de la pradera, en Connecticut, y ahora sabía que no tardaría mucho en acostumbrarse a las novedades de la vida en la ciudad, como beber de los vasos, por ejemplo.

Un Grillo en Times Square

—¿Y qué le parecería a tu grillo tomarse un batido? —preguntó Mickey.

—Creo que le gustaría mucho —respondió Mario.

—¿De qué sabor?

—De fresa, supongo.

Daba la casualidad de que el de fresa era el sabor favorito de Mario.

Mickey fue por una cuchara y puso una gota de sirope de fresa en el fondo. Después añadió otra de crema, un chorrito de soda y una bolita de helado del tamaño de una uña. Así se preparaba un batido de fresa para un grillo.

Mickey hizo luego otro para Mario, aunque no mucho más grande que el primero, pues era gratis.

Cuando Chester y Mario terminaron sus batidos, Mickey escribió en un vaso de papel "GRILLO".

—A partir de ahora, éste será su vaso —dijo Mickey—. Puedes venir a buscarle agua fresca cuando quieras.

—Muchas gracias, Mickey —dijo Mario, y metió de nuevo a Chester en su caja de fósforos—. Ahora sólo me queda buscarle una casa.

—Tráele otra vez pronto. Le haré una copa de helado especial.

En el quiosco, papá Bellini estaba hablando con el señor Smedley, el mejor cliente que tenían los Bellini. Era un profesor de música que acudía a comprar *América Musical* el último domingo de cada mes, y siempre a las diez y media de la mañana, al salir de la iglesia. Hiciera el tiempo que hiciera, siempre llevaba un largo paraguas.

Como de costumbre, papá y el señor Smedley hablaban de ópera. A los Bellini les gustaba la ópera italiana

El domingo por la mañana

más que cualquier otra cosa en el mundo. Durante el invierno, todos los sábados, cuando empezaba la transmisión de la ópera, toda la familia se reunía en torno a la radio, haciendo un gran esfuerzo para poder escuchar la música a pesar del estruendo de los trenes que entraban y salían de la estación.

—Buenos días, señor Smedley —dijo Mario. ¿A que no sabe lo que tengo aquí?

El señor Smedley no logró adivinarlo.

—¡Un grillo! —exclamó por fin Mario, sacando a Chester para que lo viera el profesor de música.

—¡Qué delicia! ¡Qué maravilla! ¡Qué criatura más encantadora!

—¿Quiere sostenerlo? —preguntó Mario.

El señor Smedley retrocedió un paso.

—Oh, no, creo que no —dijo—. Me picó una abeja cuando yo tenía ocho años, y desde entonces no confío en los insectos.

—No le picará —le aseguró Mario.

Volcó la caja en la mano del señor Smedley y Chester salió. El profesor de música sintió una especie de cosquilleo.

—Anoche le oí cantar —le explicó Mario.

—¿Crees que querrá repetirlo para mí? —preguntó el señor Smedley.

—Quizás —contestó Mario. Puso a Chester sobre el mostrador del quiosco y le dijo—: Canta, por favor.

Para que Chester le entendiera mejor, hizo un ruido similar al sonido del grillo. No quedó muy convincente, pero Chester captó la idea. Desdobló sus alas y emitió un solo sonido, pero ¡qué sonido!

Un Grillo en Times Square

Papá y el señor Smedley quedaron encantados.

—¡Eso es un do perfecto! —exclamó el señor Smedley, y levantó su mano como si fuera un director de orquesta. Cuando la bajó, Chester volvió a cantar.

—¿Quiere darle clases de música? —preguntó Mario.

—¿Y qué podría yo enseñarle? —preguntó el señor Smedley—. Ya ha aprendido de la mejor maestra de todas, Mario, la Naturaleza misma. Por eso tiene alas para frotárselas y el instinto para emitir sonidos tan bonitos. Yo no podría añadir nada al genio de este pequeño Orfeo negro.

—¿Quién era Orfeo, señor Smedley? —preguntó Mario.

—Era el mejor músico que jamás existió, hace muchos, muchos años. Tocaba el arpa con tanta maestría y belleza que no sólo los seres humanos, sino también los animales, los árboles, las rocas y las cascadas abandonaban su trabajo para escucharle. El león dejó de perseguir al ciervo, los ríos se detuvieron en sus cauces y el viento retuvo su aliento. El mundo entero enmudeció.

Mario no sabía qué decir. Le encantó la imagen de todo un mundo en silencio para poder escuchar.

—Debía de tocar muy bien —dijo por fin.

El señor Smedley sonrió.

—Sí, así es. A lo mejor algún día tu grillo lo hace igual de bien. Auguro grandes triunfos a esta criatura de tanto talento, Mario.

—¿Escuchas? —preguntó papá Bellini—. Puede que algún día sea famoso.

Mario lo había oído, sin duda. Y más adelante, durante aquel verano, recordaría lo que había dicho el señor

El domingo por la mañana

Smedley. Pero ahora mismo tenía otras cosas en que pensar.

—Papá, ¿puedo ir a Chinatown a comprar una casa para mi grillo? —preguntó.

—¿Una casa? ¿Qué tipo de casa? —quiso saber su padre.

—Jimmy Lebovski me dijo que a los chinos les gustan mucho los grillos, y fabrican jaulas especiales para ellos —explicó Mario.

—Hoy es domingo, Mario. No habrá ninguna tienda abierta.

—Bueno, puede que haya alguna, es Chinatown. Y si no, al menos podré ver a dónde ir otro día.

—De acuerdo, Mario —dijo papá Bellini—, pero . . .

Mario no esperó a oír los "peros". Metió a Chester en la caja de fósforos y gritó por encima de su hombro:

—¡Adiós, señor Smedley!

Bajó corriendo las escaleras en dirección al metro que iba al sur de la ciudad. Papá y el señor Smedley le observaron mientras se perdía entre la gente. Luego papá se volvió hacia el señor Smedley con una sonrisa feliz y resignada a la vez, se encogió de hombros, y ambos siguieron hablando de ópera.

SEIS

Sai Fong

Mario subió al tren IRT local en dirección a China-town. Sujetaba la cajita de fósforos a la altura de su pecho, para que el grillo pudiera ver lo que pasaba fuera. Era la primera vez que Chester tenía la oportunidad de ver por dónde iba el metro, ya que en la ocasión anterior estaba aplastado por los bocadillos de carne asada.

Ahora, asomado al borde de la caja, observaba todo lo que sucedía en los dos extremos del vagón. Chester era realmente un grillo muy curioso, y mientras estuviera en Nueva York quería ver todo lo que pudiera.

Miraba fijamente a una anciana que llevaba un sombrero de paja, y se preguntaba si las flores serían de verdad, y si lo fueran, qué tal sabrían como comida. De repente el tren se detuvo. Como la mayoría de la gente que viaja por primera vez en metro, Chester no estaba acostumbrado a las paradas bruscas, y se cayó de la caja de fósforos al regazo de Mario.

El muchacho lo rescató.

—Debes tener cuidado —dijo, y colocó su dedo encima de la abertura, para que Chester sólo pudiera asomar la cabeza.

Mario se bajó en la estación de la Calle Canal y recorrió

varias manzanas hasta llegar a Chinatown. Chester sacó la cabeza todo lo que pudo para ver por primera vez Nueva York de día. En esta parte de la ciudad, los edificios no eran tan altos como en Times Square, pero sí lo suficiente como para que Chester se sintiera muy pequeño.

En Chinatown, como papá había previsto, todas las tiendas estaban cerradas. Mario deambuló por las estrechas y serpenteantes calles, cruzando de una acera a otra para ver los escaparates. En algunos de ellos vio unas conchas de cartón que se convierten en bellas flores cuando se meten en agua, y en otros, arpas de viento hechas de cristal, que tintinean suavemente cuando se cuelgan en una ventana abierta. Pero no veía una jaula para grillos por ninguna parte.

Al final de un callejón divisó una tienda singularmente vieja. La pintura de la puerta se caía a trozos y los escaparates estaban abarrotados de toda clase de objetos recogidos a lo largo de años y años. En un letrero colgado sobre la puerta se leía SAI FONG — NOVEDADES CHINAS, y debajo, en letra más pequeña y escrita a mano: "Se lava ropa a mano".

Un hombre chino estaba sentado en el umbral con las piernas cruzadas. Vestía una camisa y un chaleco de seda con dragones bordados en hilo rojo, y fumaba una larga pipa de arcilla blanca.

Mario se detuvo y miró el escaparate. El hombre no varió la posición de su cabeza, pero observaba a Mario con el rabillo del ojo. Lentamente se sacó la pipa de la boca y lanzó una nube de humo al aire.

—¿Es usted el señor Sai Fong? —preguntó Mario.

43

Un Grillo en Times Square

El hombre giró la cabeza como si estuviera montado sobre un eje, y le miró.

—Yo Sai Fong.

Su voz era aguda, pero musical, como el sonido de un violín. Sai Fong había emigrado de China hacía muchos años y tenía una forma peculiar de hablar que a Mario le gustaba mucho. El disfrutaba escuchando el sonido de las voces de las personas tanto como el sonido melodioso del canto de su grillo.

—Quisiera comprar una jaula para grillos, si tiene —dijo Mario.

El anciano se volvió a meter la pipa en la boca y fumó tranquilamente durante unos momentos. Sus ojos se veían aún más pequeños que antes.

—¿Tú tienes grillo? —preguntó en un tono tan bajo que Mario apenas pudo oírlo.

—Sí —respondió—. Aquí está —. Abrió la caja, y Chester y Sai Fong se miraron.

—¡Oh, muy bien! —exclamó Sai Fong, y su actitud cambió de repente. Se sintió tan alegre que casi se puso a bailar en la acera.

—¡Tienes grillo! ¡Muy bien! ¡Tienes grillo! —y reía encantado.

A Mario le sorprendió este cambio repentino.

—Quiero comprarle una casa —repitió.

—Pasa a tienda, por favor —dijo Sai Fong. Abrió la puerta y entraron juntos.

Mario jamás había visto un lugar tan desordenado. Aquello era un enorme lío de trastos chinos. Allí había de todo lo imaginable, desde kimonos y palillos hasta atillos de ropa para lavar, amontonados sobre los estantes

Sai Fong

y las sillas. Un débil y dulce olor a incienso impregnaba el aire. Sai Fong empujó un montón de periódicos chinos al suelo.

—Siéntate, por favor —dijo, señalando la silla que acababa de limpiar—. Yo vuelvo enseguida —y desapareció en la trastienda.

Mario se quedó muy quieto. Temía que con moverse sólo un poco un alud de novedades chinas le sepultaría. En un mueble acristalado, situado frente a él, descansaba una fila de diosas chinas talladas en marfil. Todas tenían una sonrisa muy extraña en sus labios, como si supieran algo que todos los demás ignoraban. Y todas parecían mirar fijamente a Mario. El chico intentó mirarlas a su vez, pero le fue imposible, y tuvo que desviar la vista.

Después de algunos minutos, volvió Sai Fong. Traía en sus manos una jaula de grillos en forma de pagoda china, que tenía siete gradas en el tejado, cada una de ellas más pequeña que la anterior, y terminaba en una torrecita muy delgada. La parte inferior estaba pintada de rojo y verde, pero la torrecita era dorada. En uno de los lados había una puerta con un diminuto cerrojo. Mario deseaba tanto la jaula que sintió cosquillas en todo el cuerpo. Pero tenía pinta de ser muy cara.

Sai Fong levantó el dedo índice de su mano derecha y dijo con solemnidad:

—Esta jaula muy antigua. Una vez, un grillo que perteneció al Emperador de toda la China vivió en esta jaula. ¿Tú sabes historia del primer grillo?

—No, señor —dijo Mario.

—Muy bien —dijo Sai Fong—. Yo cuento.

Dejó la jaula sobre el mostrador, sacó la pipa de un

bolsillo y la encendió. Y mientras el humo ascendía hacia el techo, Sai Fong describía con la pipa pequeños dibujos en el aire para enfatizar sus palabras.

—Hace mucho tiempo, al principio del mundo, no había grillos. Pero había hombre muy sabio. Ese hombre tuvo nombre, Hsi Shuai, y sólo decía verdad. Todos secretos eran conocidos por él. Sabía pensamientos de animales y hombres. Conocía deseos de flores y árboles, sabía destino de sol y estrellas. Mundo entero era una hoja que podía leer, y los grandes dioses que vivían en palacio en la cumbre del cielo amaban a Hsi Shuai por su sabiduría.

Desde muchas tierras venían hombres para conocer su destino. A uno dijo: "Tú hombre bueno. Vivir mucho como el árbol de cedro en ladera montaña". A otro dijo: "Tú hombre malvado, morir pronto. Adiós". Pero a todos los hombres Hsi Shuai decía sólo la verdad.

Los hombres malvados, muy enfadados al oír lo que Hsi Shuai dice, piensan: "Yo hombre malvado y ahora todos saben que yo ser malo". Así que todos los hombres malvados unirse para matar a Hsi Shuai. Él sabe todo, pero no se preocupa. Dentro de su corazón, como perfume dentro de loto, Hsi Shuai tiene paz, y decide esperar.

Pero grandes dioses que viven en palacio, en cumbre de los cielos, no dejan matar a Hsi Shuai. Este hombre era más preciado para ellos que todos los emperadores, porque sólo decía la verdad. Así, cuando hombres malvados levantar espada contra Hsi Shuai, los grandes dioses lo convirtieron en un grillo. Y hombre que sólo decía verdad y sabía todas las cosas, ahora canta canciones que

ningún ser humano entiende pero que todos los hombres aman. Los grandes dioses entienden y sonríen, porque para ellos la canción del grillo es la canción de quien sólo dice la verdad y sabe todas las cosas.

Sai Fong dejó de hablar y se puso a fumar su pipa. Mario se había quedado muy quieto, mirando la jaula del grillo. Pensaba en la historia que acababa de oír y en lo mucho que deseaba aquella jaula. Dentro de su cajita, Chester Grillo también había escuchado con toda atención la historia de Hsi Shuai, y estaba muy emocionado. Desde luego, no sabía si era real o no, pero él se la creía, porque siempre había pensado que su canción era más que un simple sonido. Frotó un ala contra la otra, y una única y cristalina nota se escuchó en la tienda.

Sai Fong levantó la cabeza, y una sonrisa iluminó sus labios ya surcados por los años.

—Ajá —susurró—. Grillo ha entendido.

Mario quería preguntarle cuánto costaba la jaula, pero no se atrevía.

—Como este grillo es tan extraordinario, te vendo la jaula por quince centavos —dijo Sai Fong.

Mario suspiró aliviado. Podía comprarla. En su bolsillo encontró una moneda de cinco centavos y otra de diez, todo lo que le quedaba de su asignación semanal, que era un cuarto de dólar.

—Me la llevo, señor Fong —dijo, dándole el dinero.

—También hago regalo gratis —dijo Sai Fong.

Se fue hasta detrás del mostrador y sacó una pequeña campana, no mayor que una abeja. Con un trozo de hilo la ató dentro de la jaula. Mario metió a Chester en la

Sai Fong

jaula, y el grillo, al saltar, golpeó la campanita, que tintineó débilmente.

—Suena como campana más pequeña de Templo de Plata, allá muy lejos, cerca del río Yangtse —explicó Sai Fong.

Mario le dio las gracias por el cuento, por la campana y por todo. Cuando estaba a punto de marcharse, Sai Fong le preguntó:

—¿Quieres galleta china de la suerte?

—Bueno. Nunca las he probado.

Sai Fong bajó una caja de un estante. Estaba llena de galletas de la suerte, unas finísimas galletas dobladas para que quedara un hueco en cada una. Mario mordisqueó una de ellas y encontró dentro un trocito de papel. Leyó en voz alta lo que tenía escrito:

"La buena suerte viene hacia ti. Has de estar preparado".

—¡Hi! ¡Hi! —rio Sai Fong—. Muy buen consejo. Vete ahora. Siempre estate listo para la felicidad.

SIETE

La jaula del grillo

Aquella misma noche, cuando los Bellini se marcharon a casa, Chester empezó a contar a Tucker y Harry lo que les había sucedido durante su visita a Chinatown. El ratón y el gato se habían acomodado en la repisa, pero Chester estaba dentro de su jaula, bajo la campanilla. De vez en cuando, Tucker se levantaba para dar una vuelta alrededor de la pagoda. Estaba fascinado por su belleza.

—. . . Y el señor Fong le dio a Mario una galleta de la suerte —decía Chester.

—A mí me encanta la comida china —afirmó Harry Gato—, por eso muchas veces visito los cubos de basura de Chinatown.

Tucker Ratón dejó de admirar por un momento la jaula para decir:

—Una vez me propuse vivir allí, pero me lo pensé dos veces. Los chinos tienen unos platos muy curiosos: sopa de nidos de pájaro, guiso de aleta de tiburón . . . Temí que algún día quisieran hacer un soufflé de ratón, así que decidí mantenerme alejado de ellos.

Una sonora risa salió de la garganta de Harry Gato.

—¡Caramba con el ratón! —dijo, y golpeó a Tucker con tanta fuerza que le hizo rodar.

La jaula del grillo

—¡Tranquilo, Harry, tranquilo! —protestó Tucker, poniéndose de pie—. No sabes la fuerza que tienes.

Se levantó sobre sus patas traseras y miró a través de los rojos barrotes de la jaula.

—¡Qué palacio! —murmuró—. Viviendo en un sitio así, debes de sentirte como un rey.

—Bueno, sí —dijo Chester—. Pero a mí no me hace tanta ilusión vivir en una jaula. Prefiero los troncos de árbol y los agujeros de la pradera. Estar aquí encerrado me pone nervioso.

—¿Quieres salir? —le preguntó Harry.

Y con una de las uñas de su pata delantera derecha abrió el cerrojo de la puerta.

Chester empujó, abrió la puerta y saltó fuera.

—¡Qué alivio! —exclamó, saltando por la repisa—. No hay nada como la libertad.

—Oye, Chester, ¿puedo entrar un momento? —preguntó Tucker—. Nunca he estado en una pagoda, ¿sabes?

—Adelante, por favor —le invitó Chester.

—Tucker entró, empezó a brincar, dio varias vueltas y por último se tumbó del lado derecho, luego del izquierdo, y finalmente boca arriba.

—¡Ah, ojalá tuviera un kimono ahora! —dijo, apoyándose en las rejas—. Me siento como el mismo Emperador de la China. ¿Qué te parezco, Harry?

—Como un ratón en una ratonera —contestó el gato.

—¿Quieres dormir en la jaula? —le preguntó Chester.

—¡Oh! —exclamó el ratón— ¿Me dejas, de verdad?

Su idea del lujo era pasar la noche en un lugar así.

—Claro —contestó Chester—. Yo prefiero la caja de fósforos.

51

La jaula del grillo

—Sólo hay un problema —dijo Tucker, dando una patada—. El suelo es un poco duro para dormir.

—Iré al desagüe por unos papeles —se ofreció Harry.

—No, ensuciarían mucho —dijo Tucker—. Y no queremos que Chester tenga problemas con los Bellini—. Dudó unos instantes—. Pero . . . quizás tengamos algo aquí.

—¿Qué tal un pañuelo de papel? —sugirió Chester—. Es muy blandito.

—Sí, un pañuelo servirá. Aunque . . . —Tucker volvió a dudar—. Estoy pensando . . .

—Venga, Tucker —le apremió Harry Gato—. ¡Suéltalo ya!

—Bueno . . . He pensado que si hubiera unos billetes de un dólar en la caja . . .

Harry estalló en carcajadas.

—¡Tendría que haberlo imaginado! —le dijo a Chester—. ¿Quién sino este ratón querría dormir sobre dólares?

Chester saltó al cajón, que estaba abierto, como de costumbre.

—Hay algunos dólares aquí —dijo desde el fondo.

—Bastantes como para hacer un colchón —apoyó Tucker Ratón—. Pásame algunos, por favor.

Chester pasó el primer billete a Harry, que lo llevó hasta la jaula y lo pasó por la puerta. Tucker lo recibió y lo estiró como si fuera una manta. Era un billete viejo y arrugado.

—Cuidado, no lo rompas —le advirtió Harry.

—No voy a romperlo. Soy un ratón que conoce bien el valor de un dólar.

Un Grillo en Times Square

Harry le entregó un segundo billete, más nuevo y más tieso que el anterior.

—Vamos a ver—dijo Tucker, y agarró una esquina de cada billete con sus patas delanteras—. Éste puede ir debajo. Me gusta tener una sábana limpia y nueva. El viejo me servirá de manta. Ahora ya sólo me falta la almohada. A ver lo que encuentras en el cajón, Chester.

Harry y Chester examinaron el cajón, pero no hallaron nada. Sólo quedaban unas monedas.

—¿Qué te parece una moneda de cincuenta? —preguntó Harry.

—Demasiado plana.

Chester se adentró un poco más hacia el fondo del cajón. Estaba tan oscuro que no podía ver nada. Fue a tientas hasta dar con algo. Lo que fuera era grande y redondo. Cuando consiguió sacarlo a la tenue luz del quiosco, pudo ver que era uno de los pendientes de mamá Bellini. Tenía forma de concha marina y estaba recubierto de pequeñas piedras brillantes.

—¿Te vale este pendiente? —le dijo a Tucker.

—Bueno, no sé.

—Parece estar cubierto de diamantes —comentó Harry.

—¡Perfecto! Tráiganmelo.

Harry metió el pendiente dentro de la jaula, y Tucker lo examinó con gran cuidado, como si fuera un joyero.

—Me parece que estos diamantes son falsos –dijo finalmente.

—Bueno, pero son muy bonitos —dijo Chester, que había salido ya de la caja.

—Supongo que pueden servir —decidió el ratón.

Un Grillo en Times Square

Se tumbó de costado sobre el billete nuevo, apoyó la cabeza en el pendiente y se tapó con el billete viejo. Chester y Harry le oyeron suspirar de alegría.

—¡Voy a dormir dentro de un palacio y sobre joyas y dinero! Es como un sueño hecho realidad.

Harry Gato ronroneó, sonriendo.

—Buenas noches, Chester. Me vuelvo al desagüe, donde puedo estirarme —y saltó al suelo.

—Hasta mañana, Harry —se despidió Chester.

Tan sigiloso como una sombra, Harry salió por la grieta del quiosco y cruzó hacia el desagüe. Chester se metió en la caja de fósforos. Le resultaba mucho más acogedora que la jaula. Se había acostumbrado ya al pañuelo de papel, porque le recordaba mucho a la madera vieja y mullida de su tronco. Esto era casi como estar en casa.

Ahora cada uno tenía ya donde dormir.

—Buenas noches, Tucker —dijo Chester.

—Buenas noches, Chester —respondió Tucker.

Chester Grillo se acomodó dentro de la cajita, y bajo el pañuelo. Empezaba a gustarle la vida de Nueva York. Justo antes de quedarse dormido, oyó como Tucker Ratón suspiraba de felicidad dentro de la jaula.

OCHO

Todos los ahorros de Tucker

Chester Grillo soñó aquella noche que estaba sentado sobre su tronco en la pradera de Connecticut, comiendo una hoja de sauce. Mordisqueaba la hoja, la masticaba y la tragaba, pero por algún extraño motivo no le sabía tan bien como siempre. Le parecía más seca, y como de papel, y además, tenía un sabor amargo. A pesar de todo, Chester siguió comiendo, con la esperanza de que la hoja volviera a saberle bien.

Entonces una tormenta se desató en su sueño. El viento soplaba con fuerza, levantaba nubes de polvo y las empujaba a través de la pradera y alrededor de su tronco. Chester empezó a estornudar cuando el polvo le entró por la nariz, pero siguió sosteniendo la hoja que se estaba comiendo. Una de las veces estornudó tan fuerte que se despertó.

Chester miró a su alrededor. Había estado caminando dormido, y ahora se encontraba sentado en el borde del cajón de la caja registradora. La tormenta era una ráfaga de aire que había entrado en el quiosco con la llegada del "shuttle". Todavía estaba tosiendo por el polvo que llenaba el aire. Chester miró lo que tenía en sus patas delanteras. Esperaba encontrar allí la hoja de sauce. Pero no era una hoja; era un billete de dos dólares, y él se había comido la mitad.

Dejó caer el billete, y saltó hasta la jaula, donde Tucker Ratón dormía plácidamente. Chester agitó la campanita de plata con furia; sonó como si fuera una alarma de incendios. Tucker saltó desde debajo de su manta de billetes de dólar y corrió por toda la jaula mientras gritaba:

—¡Socorro! ¡Fuego! ¡Asesino! ¡Policía!

Entonces se dio cuenta de dónde estaba y se sentó jadeando.

—¿Qué te pasa, Chester? Me has dado un susto de muerte.

—Acabo de comerme la mitad de un billete de dos dólares —dijo Chester.

Tucker le miró incrédulo.

—¿Que has hecho qué?

—Pues eso —dijo Chester—. Mira—. Buscó el billete estropeado en la caja registradora—. Soñaba que era una hoja, y me lo comí.

—¡Oh, no! ¡No! —se lamentó Tucker Ratón—. No podía ser un billete de un dólar, ni siquiera un dólar y una moneda de cincuenta centavos. ¡Dos dólares has tenido que comerte! Y además, de los Bellini, esa pobre gente que apenas gana dos dólares al día.

—¿Qué voy a hacer? —preguntó Chester.

—Prepara tus maletas y vete a California —le dijo Tucker.

Chester negó con la cabeza.

—No puedo. Se han portado tan bien conmigo . . . No puedo fugarme ahora.

Un Grillo en Times Square

Tucker se encogió de hombros.

—Entonces quédate y espera tu castigo.

Salió de la jaula y examinó lo que quedaba del billete.

—Todavía queda la mitad. A lo mejor podemos poner un poco de cinta adhesiva en un lado y hacer creer a la gente que era un billete de un dólar.

—Nadie se lo creería —dijo Chester.

Se sentó, todavía con el billete entre sus patas.

—Oh, vaya. Ahora que las cosas iban tan bien . . .

Tucker Ratón guardó su ropa de cama en la caja registradora y vino a sentarse junto a Chester.

—¡Alegra esa cara! Todavía podemos pensar en algo.

Se quedaron callados durante un momento. Entonces Tucker dio una palmada y exclamó:

—¡Ya sé! Cómete la otra mitad y nunca sabrán lo que ha pasado.

—No puedo. Se acusarían entre ellos de haberlo perdido —dijo Chester—. No quiero causarles disgustos.

—¡Oh, qué noble eres! ¡Es repelente!

—Además, sabe muy mal —añadió Chester.

—Entonces, ¿qué te parece esto? —Tucker tuvo una nueva idea—. Le echaremos la culpa al barrendero de la estación. Llevaremos la prueba y la dejaremos en su armario. La semana pasada me pegó con la escoba, así que no me importaría verle ir a la cárcel durante un par de días.

—No, no —dijo Chester—. No podemos implicar a alguien que es inocente.

—Entonces, un desconocido —sugirió Tucker—. Volcamos la caja de los pañuelos de papel, rompemos el cristal del despertador y tiramos todas las monedas al

Todos los ahorros de Tucker

suelo. Pensarán que entró un ladrón durante la noche. Tú puedes ponerte una venda y hacerte el héroe mañana. ¡Lo veo tan claro . . . !

—¡Noooo! —le interrumpió Chester—. Los daños costarían mucho más de dos dólares.

A Tucker se le ocurrió una idea más. Estaba dispuesto a ir a la cafetería de enfrente para robar dos dólares. Pero antes de que pudiera sugerirlo, alguien retiró la cubierta del quiosco. Se habían olvidado de la hora. Mamá Bellini, que hacía el turno de la mañana, estaba de pie junto a ellos y los miraba desde arriba con una expresión nada amable. Tucker dio un agudo chillido y saltó al suelo.

—¡Atrapa a ese ratón! —gritó mamá. Agarró una revista *Fortuna,* muy grande y pesada, y la lanzó contra Tucker. Le dio en la pata trasera en el momento que se metía dentro del desagüe.

Chester Grillo se quedó de piedra. Le habían pillado con las manos en la masa, sujetando entre sus patas la mitad mordisqueada del billete de dos dólares. Mamá Bellini, furiosa, le sujetó por sus antenas y le lanzó dentro de su jaula. Después, cerró la puerta con llave. Cuando terminó de ordenar el quiosco, sacó su labor y empezó a tejer con rabia. Pero estaba tan enfadada que se le escapaban los puntos, y eso la ponía aún más furiosa.

Chester se había refugiado en el rincón más apartado de su jaula. Las relaciones entre mamá Bellini y él, que hasta entonces iban tan bien, se habían venido abajo. Esperaba que en cualquier momento le arrojara, junto con su jaula, a la vía del metro.

A las ocho y media llegaron Mario y papá. Mario quería

Un Grillo en Times Square

ir a Coney Island para bañarse, pero antes de que pudiera decir "Buenos días", mamá, muy seria, señaló a Chester. Ahí estaba el pobre grillo, con el cuerpo del delito entre las patas.

Entonces dio comienzo una conversación a tres bandas. Mamá denunció a Chester como devorador de dinero, y añadió que sospechaba que también invitaba a ratones y otros elementos indeseables al quiosco de noche. Papá no creía que Chester se hubiera comido los dos dólares a propósito, y además, ¿qué importancia tenía que un ratón entrara de vez en cuando? Mamá afirmó que el grillo tendría que irse. Papá dijo que podía quedarse, pero que tendría que permanecer siempre dentro de su jaula. Y Mario sabía que Chester, como toda la gente acostumbrada a vivir en libertad, prefería morir antes que pasarse la vida en una jaula.

Finalmente se decidió que, dado que el grillo era la mascota de Mario, sería el chico quien tendría que reponer el dinero. Sólo cuando lo hubiera hecho, Chester podría salir. Pero hasta entonces ¡jaula!

Mario pensó que si trabajaba a ratos, como chico de recados en una tienda, cuando no cuidara del quiosco, podría ganar en un par de semanas suficiente dinero como para liberar a Chester de la cárcel. Por supuesto, eso significaba no ir a nadar a Coney Island, ni al cine ni nada de nada, pero valía la pena. Dio al grillo su desayuno: puntas de espárrago y un trocito de hoja de col. Chester casi no tenía apetito, después de todo lo que había pasado. Cuando el grillo terminó, Mario le dijo adiós y le tranquilizó. Después se marchó a la tienda de comestibles para pedir trabajo.

Todos los ahorros de Tucker

Aquella noche, después de que papá cerrara el quiosco, Chester sacó la cabeza por entre los barrotes. Al caer la tarde, Mario había vuelto para darle su cena, pero se marchó enseguida, para hacer un par de horas más de trabajo. Durante el día, Chester había intentado inventar juegos de saltos para no aburrirse, pero no funcionaron. Se sentía triste y solo. Lo más irónico era que, aunque había estado cansado y deseando que llegara la noche, ahora que había llegado no conseguía dormir.

Chester oyó el leve ruido de unas patas que cruzaban el suelo. Harry Gato llegó a la repisa de un salto. Un momento más tarde, Tucker Ratón le siguió desde el taburete, quejándose de dolor. Aún cojeaba de la pata golpeada por la revista *Fortuna*.

—¿Cuánto dura la condena? —preguntó Harry.

—Hasta que Mario pueda devolver el dinero —suspiró Chester.

—¿Y no podrías salir bajo fianza mientras tanto? —preguntó Tucker.

—No, y además, nadie tiene para pagar una fianza. A mí me sorprende que me hayan impuesto un castigo tan leve.

Harry Gato cruzó las patas delanteras y apoyó su cabeza en ellas.

—Explícame esto —dijo—. ¿Mario tiene que trabajar como castigo, o sólo conseguir el dinero?

—Sólo conseguirlo —dijo Chester—. ¿Para qué le van a castigar a él? Fui yo quien se comió el dinero.

Harry miró a Tucker durante un largo rato, como si esperara que el ratón dijese algo. Tucker comenzó a moverse, nervioso.

Un Grillo en Times Square

—Oye, Chester, ¿quieres escapar? —preguntó—. Podríamos abrir la jaula y te vendrías a vivir con nosotros al desagüe.

—No. No sería justo para Mario. Tendré que cumplir la condena.

Harry volvió a mirar a Tucker y empezó a dar golpes en la repisa con una de sus patas.

—¿Y bien? —dijo por fin.

Tucker gimió y se frotó la pata herida.

—¡Ay, mi pobre pata! —se lamentó—. La mamá Bellini sabe lanzar una revista. Toca y verás qué bulto, Harry.

—Ya lo he tocado —dijo Harry—. Y basta de darle rodeos al asunto. Tú tienes dinero.

—¡Que Tucker tiene dinero! —exclamó Chester Grillo.

El ratón miraba a ambos, nervioso.

—Tengo sólo unos ahorrillos —dijo con tono patético.

—¡Es el ratón más rico de Nueva York! —exclamó Harry—. El Viejo Ratón Ricachón, así le llaman.

—Espera un minuto, Harry —protestó Tucker—, no vayamos a exagerar por unas tristes monedas de cinco y diez centavos.

—¿Y cómo conseguiste ese dinero? —preguntó Chester.

Tucker carraspeó y empezó a retorcerse las manos. Cuando habló, su voz sonaba entrecortada por la emoción.

—Hace muchos años —dijo—, cuando todavía era sólo un pequeño ratoncito de tierna edad y escasa experiencia me mudé de los dulces parajes de mi niñez, es decir, la Décima Avenida, a la estación de metro de Times Square,

Todos los ahorros de Tucker

y fue aquí donde aprendí el valor de la "economicidad", que quiere decir el ahorro. Fueron muchas las veces que vi a un ratón viejo y solo arrastrarse hasta la tumba, tumba de un ratón pobre, por no haber ahorrado dinero. Y resolví que esa desgracia no me pasaría a mí.

—Lo que quiere decir que tienes un montón de dinero allí, en el fondo del desagüe —interpuso Harry Gato.

—Un momento, por favor, si no te importa —dijo Tucker—. Lo contaré a mi manera —su voz se volvió aún más aguda—. Así que, como iba diciendo, durante los largos años de mi juventud, en vez de estar todo el día brincando y jugando con los demás ratoncitos, me dediqué a ahorrar. Ahorré papel, ahorré comida, ahorré ropa . . .

—¡Ve al grano y también ahorrarás tiempo! —dijo Harry.

Tucker le premió con una sonrisa amarga.

—Y también ahorré dinero —siguió—. En el curso de los muchos años que he practicado el arte de vivir de gorra, es natural que haya encontrado una cierta cantidad de monedas sueltas. Oh, muchas veces, amigos míos —Tucker puso la mano sobre su corazón—, me sentaba en la entrada de mi desagüe a ver pasar los seres humanos y a esperar. Y siempre que alguno de ellos dejaba caer una moneda, ¡por muy pequeña que fuera!, salía corriendo, con gran peligro de mi vida y mi salud, para llevarla a mi casa. ¡Ay, cuando pienso en los zapatos apisonadores y los peligrosos chanclos de goma! Muchas veces me han pisado las patas o arrancado los bigotes a causa de estas labores, pero merecía la pena. Claro que valía la pena, amigos míos. Por eso tengo dos medio dólares, cinco monedas de veinticinco, dos de diez centavos, seis de cinco centavos, y dieciocho centavitos guardados en el desagüe.

—Que hacen un total de dos dólares y noventa y tres centavos —dijo Harry, sumando rápidamente.

—¡Y estoy muy orgulloso de ello! —exclamó Tucker.

—Si tienes todo eso, ¿por qué querías dormir debajo de los billetes en la jaula de grillo? —preguntó Chester.

—Todavía no dispongo de mis propios billetes —explicó Tucker—. Era una nueva sensación.

—Puedes salvar a Chester, y quedarte con noventa y tres centavos —dijo Harry Gato.

—Pero estaré arruinado —lloriqueó Tucker—. Me quedaré en bancarrota. ¿Quién me cuidará en mi vejez?

—Yo —dijo Harry—. Y ahora deja de comportarte como un tacaño, y vamos a buscar el dinero.

Chester tocó la campana para atraer su atención.

—No creo que Tucker tenga que sacrificar sus ahorros —dijo—. Es su dinero, y puede hacer lo que quiera con él.

Tucker le dio un codazo a Harry en el costado.

—¿Has oído lo que ha dicho el grillo? —preguntó. Actúa muy noble, y me hace quedar como un granuja. ¡Por supuesto que le voy a dar el dinero! Dondequiera que hablen de los ratones, no quiero que se diga que Tucker Ratón fue tacaño con sus bienes terrenales. Además, puedo considerar ese dinero como alquiler por dormir en la jaula.

Para que Tucker pudiera quedarse con un ejemplar de cada clase de moneda, Harry Gato calculó que tendrían que traer medio dólar, cuatro monedas de veinticinco centavos, una moneda de diez centavos, cinco de

Todos los ahorros de Tucker

cinco y quince centavos. Esto dejaría a Tucker en posesión de medio dólar, veinticinco centavos, una moneda de diez, una de cinco y tres centavos.

—No es mal comienzo —dijo Tucker—. Podría recuperar las pérdidas en un año, quizás.

El gato y el ratón tuvieron que hacer varios viajes del desagüe al quiosco, con el dinero en la boca. Dejaban las monedas en la jaula, una por una, y Chester iba haciendo con ellas una columna, empezando por el medio dólar y terminando con la moneda de diez centavos, que era la más pequeña.

Ya era de día cuando por fin terminaron. Les quedaba el tiempo justo para compartir medio perrito caliente antes de que mamá Bellini llegara para abrir el quiosco.

Mario venía con ella. Quería darle de comer a Chester temprano, para irse luego a trabajar durante toda la mañana, hasta que le tocara cuidar el quiosco, al mediodía. Cuando retiraron la cubierta, mamá casi la dejó caer. Ahí estaba Chester, sentado sobre una columna de monedas y cantando alegremente.

Al principio mamá sospechó que el grillo había salido a escondidas de la jaula para sacar el dinero de la caja registradora. Pero cuando miró en el cajón, el dinero de la noche anterior seguía allí.

Mario pensó que quizás era papá el que había dejado el dinero, pero mamá negó con la cabeza. Si papá tuviera dos dólares para dejárselos a alguien, ella lo sabría.

Preguntaron a Paul, el conductor, si había visto a alguien cerca del quiosco durante la noche, y él dijo que no. Lo único que había notado era que el gran gato que vigilaba a veces la estación parecía más ocupado de lo

Todos los ahorros de Tucker

normal esa noche. Pero, por supuesto, ellos sabían que no había tenido nada que ver con la devolución del dinero.

Quienquiera que lo hubiera devuelto, mamá Bellini cumplió su palabra. A Chester se le permitió salir de la jaula sin más preguntas. Aunque no lo habría reconocido por nada del mundo, mamá opinaba sobre el dinero igual que Tucker Ratón. Cuando lo tenías, lo tenías, y no importaba mucho de donde procedía.

NUEVE

La cena china

Mario decidió que algo estaba fallando en la alimentación de Chester si el pobre tenía que comerse los billetes de dos dólares. Le había dado de comer todo lo que a él mismo le gustaba, pero se le ocurrió que lo que era bueno para un niño podía no serlo también para un grillo. Así llegó a la conclusión de que debía tratar el asunto con un experto.

Una tarde, después de terminar en el quiosco, Mario limpió la jaula del grillo, desempolvó a Chester con un trocito de pañuelo de papel y le llevó a Chinatown para visitar a Sai Fong. Eran casi las siete cuando llegó a la tienda, y la encontró cerrada. Miró a través del escaparate y vio un rayo de luz que salía por debajo de la puerta que daba a la trastienda. Oyó el murmullo entrecortado de dos voces que hablaban en chino.

Mario llamó con los nudillos en el cristal. Las voces se callaron. Volvió a llamar, esta vez fuerte. La puerta de la trastienda se abrió y Sai Fong salió, entrecerrando los ojos. Cuando vio a Mario, se quedó boquiabierto y dijo:

—¡Ah! Es muchacho del grillo.

Abrió la puerta.

La cena china

—Buenas noches, señor Fong. No quería molestarle, pero tengo un problema con mi grillo.

—Tú entra, por favor, —dijo Sai Fong, y cerró la puerta tras ellos—. Aquí está un viejo amigo. Sabe todo sobre grillos.

Llevó a Mario con él hasta la habitación siguiente, que era la cocina. Había media docena de cazuelas sobre una vieja cocina de hierro fundido, y sus contenidos hervían con alegres borbotones. La mesa estaba puesta con platos de loza decorados con maravillosos dibujos de damas y caballeros chinos vestidos con amplias túnicas de colores, paseando por pequeños puentes sobre un lago tranquilo y azul. Al lado de cada plato había dos pares de palillos, cada uno envuelto en papel.

Un señor chino muy, muy anciano estaba sentado en una mecedora junto a la ventana. Tenía una fina barba gris y vestía una túnica en rojo y oro, como la vajilla. Cuando Mario entró, el anciano se puso de pie muy lentamente, con las manos unidas, y le hizo una reverencia. Mario nunca había recibido la reverencia de un anciano chino, y no sabía qué hacer; pensó que lo mejor sería devolverle la reverencia. Entonces el señor chino hizo una nueva reverencia y Mario tuvo que hacer otra más.

Podrían haber seguido así toda la noche, de no haber sido por Sai Fong, que susurró algo en chino a su amigo. Sonó algo como "Che shih y hsi so ti erh tung", y quería decir "Éste es el muchacho del grillo". Mario y Chester se miraron, pues ninguno entendía chino.

El anciano se emocionó mucho. Miró entre las rejas de la jaula de grillo, lanzando exclamaciones de alegría.

71

La cena china

Después, se puso muy solemne y se dobló en otra reverencia, esta vez a Chester, que se la devolvió y emitió uno de sus sonidos más corteses. El señor chino se alegró mucho, y empezó a hablar y a reír con Sai Fong. Sonaba como el alegre castañeteo de cientos de pares de palillos.

Cuando terminaron de alabar a Chester, Sai Fong le preguntó a Mario:

—¿Te gusta comida china?

—Sí, supongo que sí.

Nunca había probado nada chino, aparte del "chop suey", que le gustaba mucho.

—Tú espera, por favor —dijo Sai Fong. Se fue a la tienda y volvió al cabo de un minuto con dos túnicas nuevas—. Ésta para ti —dijo, y ayudó a Mario a ponérsela. Era de color morado y azul lavanda, y estaba bordada con dibujos del sol, la luna y las estrellas—. Y ésta para mí —añadió Sai Fong.

Y se puso su túnica, que era azul y verde y tenía dibujos de peces, cañas de bambú y nenúfares.

El anciano chino susurró algo al oído de Sai Fong, y él le contestó también en un susurro.

—Mil perdones —le dijo a Mario—. No hay túnica pequeña para grillo.

—Oh, no importa —dijo Mario.

—Tú sienta, por favor —dijo Sai, acercando otra silla a la mesa.

Mario se sentó, y el anciano chino se colocó frente a él. Sai Fong puso la jaula del grillo encima de la mesa, y empezó a ir y venir de la cocina a la mesa, con humeantes cuencos de comida china. Chester sentía gran curiosidad por probarla, ya que él ni siquiera había probado "chop suey".

—Esto es "chow yuk", verdura china —dijo Sai Fong, y dejó el primer cuenco sobre la mesa.

El "chow yuk" contenía toda clase de verduras: judías verdes, guisantes en su vaina y también trocitos de pollo. El segundo plato era arroz frito con cerdo. Tenía un color dorado muy apetecible y un sabor delicioso. Después probaron "chow mein" con fideos fritos y almendras. Pero no estaba aguado, como Mario había visto en el autoservicio. Tan sólo los fideos fritos ya valían por una comida entera. Luego tomaron pato con piña. Los trozos de pato asado nadaban en una deliciosa salsa dulce. Finalmente, Sai Fong trajo un enorme cazo de algo.

—¿Tú sabes lo que hay aquí? —preguntó, levantando la tapa.

Mario miró dentro.

—¡Té! —exclamó

—Hi, hi, hi —rió Sai Fong—. Tú puedes ser chino muy bien— y sonrió ampliamente a Mario.

Al principio, a Mario le costó mucho aprender a comer con los palillos. Se le escapaban de las manos.

—Imagina dos dedos muy largos —dijo Sai Fong.

—Dos dedos largos, dos dedos largos —repetía Mario, y entonces sí conseguía utilizarlos.

Llegó a tener tanto éxito con ellos que casi sentía la comida en sus puntas cuando los levantaba hacia su boca.

A Chester también se le dio de cenar. Sai Fong sacó un pequeño platito de un armario y puso un poquito de

La cena china

cada comida en él para Chester. ¡Nunca había probado nada igual! Lo que más le gustó fue el "chow yuk", porque las verduras eran su debilidad. De vez en cuando dejaba de comer para cantar de pura alegría. Cada vez que lo hacía, Sai Fong y el anciano sonreían y conversaban en chino. Mario se sentía igual que Chester, pero no podía chillar. Lo único que podía hacer para demostrar lo mucho que le gustaba la cena era contestar "¡Sí, por favor!" cada vez que Sai Fong le preguntaba si quería repetir de algún plato.

Cuando los cuatro habían comido ya todo lo que podían de "chow yuk", "chow mein", arroz frito y pato con piña, Sai Fong trajo kuncuat en almíbar de postre. Mario comió dos y tomó varias tazas de té. Pero Chester estaba tan lleno que sólo pudo mordisquear uno.

—Ahora —dijo Sai Fong, cuando terminaron de cenar—, ¿cuál es problema con grillo?

Encendió su pipa de arcilla blanca, y el anciano hizo lo mismo. Ambos fumaban tranquilamente, mientras que el humo envolvía sus caras. A Mario le parecían muy sabios.

—El problema es —comentó Mario— que mi grillo se come el dinero.

Y les contó todo lo que había pasado con el billete de dos dólares. Sai Fong tuvo que traducirlo todo al chino, para que su amigo lo entendiera. Después de cada frase, el anciano inclinaba la cabeza y decía "Uhmm", "Ah" o "Mmm" con expresión muy seria.

—Así que creo que no le doy la comida adecuada —concluyó Mario.

Un Grillo en Times Square

—Deducción excelente —dijo Sai Fong.

Empezó a hablar muy rápidamente en chino. Luego se puso de pie y dijo:

—Tú espera, por favor —y se fue a la tienda.

Después de unos instantes, regresó con un enorme libro negro bajo el brazo. Los dos hombres chinos empezaron a leerlo, y de vez en cuando se detenían para decirse algo en voz baja.

Mario se aproximó a ellos. Por supuesto, no sabía leer chino, pero el libro también tenía dibujos. En uno de ellos se podía ver una princesa sentada en un trono de marfil. A su lado había una mesita con una jaula de grillo idéntica a la de Chester.

De repente, el anciano chino empezó a dar gritos de emoción.

—¡Yu le! Yu le! —exclamaba, dando golpecitos con su pipa en la página.

—¡Aquí está! ¡Aquí está! —le dijo Sai Fong a Mario—. Ésta es historia de princesa de China antigua. Tenía grillo en casa y le daba de comer hojas de moras. Dice: "Igual que gusano de seda que come del árbol de la mora hila seda bella, grillo que come del moral hace sonido bello".

—Entonces tenemos que encontrar una morera —dijo Mario.

La única morera que él conocía estaba en el Jardín Botánico de Brooklyn, protegida por una verja.

—Pero yo tengo ese árbol —dijo Sai Fong, con una sonrisa tan luminosa como una linterna de "Halloween"—. Allí, justo enfrente de la ventana.

Se fue hacia allí y levantó la persiana. En el patio crecía

La cena china

una morera, una de cuyas ramas llegaba casi hasta la ventana de la cocina. Sai arrancó una docena de hojas y las dejó dentro de la jaula. Pero Chester ni las tocó.

Mario se quedó pálido.

—No le gustan . . . —dijo, decepcionado.

—Oh, sí que gusta. Es sólo que ahora está lleno de comida china. ¡Hi! ¡Hi! ¡Hi! —rio Sai Fong.

Y era cierto. En cualquier otro momento, Chester habría devorado esas hojas, pero ahora estaba harto. Para demostrarles que en realidad era su comida favorita, mordió una punta.

—¿Ves? Él comerá hoja cuando esté hambriento.

Chester se sintió tan feliz que empezó a cantar. Todos lo escucharon en silencio. No se oía nada más excepto el crujir de la mecedora, que le sirvió de acompañamiento. El concierto emocionó mucho a Sai Fong y a su amigo. Ambos mantenían los ojos cerrados, y una expresión de completa paz inundaba sus caras.

Cuando Chester terminó, el anciano chino tenía lágrimas en los ojos. Se sonó con un pañuelo de seda que sacó de su manga, y le dijo algo a Sai Fong. El dueño de la tienda lo tradujo para Mario:

—Él dice que oír grillo cantar es como estar en jardín de palacio.

Después de dar las gracias por la cena, Mario dijo que debía marcharse, pues era ya muy tarde.

—Tú volver cuando quieras —dijo Sai Fong, y le dio una cajita en la que había metido las hojas de morera—. Muchas hojas en árbol. Yo guardar todas para grillo.

Mario volvió a dar las gracias y se despidió. El anciano se puso de pie y le hizo una profunda reverencia. Sai

Un Grillo en Times Square

Fong hizo otra, y Mario también. Dentro de la caja, Chester hacía también reverencias a todo el mundo.

Mario retrocedió hacia la puerta sin parar de inclinarse, y salió. Había sido una velada de lo más agradable. Se sentía muy cortés y formal a fuerza de hacer tanta reverencia, pero sobre todo estaba orgulloso de su grillo, que había hecho felices a aquellos dos venerables chinos.

DIEZ

La fiesta

Una noche, bastante tarde, Chester Grillo estaba muy ocupado dentro del quiosco. En cuanto los Bellini se fueron a casa, salió de su caja de fósforos y empezó a limpiar. Primero cerró cuidadosamente la cajita, y la empujó hasta colocarla al lado del despertador. Luego sacó un trozo de pañuelo de papel de su caja y lo arrastró por la repisa, una y otra vez. Cuando terminó de limpiar el polvo, agarró el papel con sus patas delanteras y sacó brillo a los barrotes de la jaula. Limpió el cristal del despertador y también la radio, hasta verse reflejado en ella. La esfera del despertador era luminosa y desprendía una luz pálida y de color verde. Chester quería que todo estuviera perfecto, esa noche en particular, porque iban a tener una fiesta.

Hacía exactamente dos meses que Chester había llegado a Nueva York, y los tres animales querían festejar el aniversario. Nada demasiado formal, desde luego, sólo una pequeña cena para tres. Tucker Ratón había propuesto celebrarlo en el desagüe, pero Chester no quería cenar entre toda la basura que su amigo había coleccionado. Así que, después de muchas consultas, habían decidido que fuera en el quiosco. Era un lugar resguardado y más que grande. Y con la radio tendrían música agradable durante toda la velada. Tucker Ratón se plantó de un salto junto a Chester.

—¿Qué tal va la cena, Tucker? —preguntó el grillo.

Tucker era el encargado de la comida y la bebida.

—¡Hic, hic, hic! —rio Tucker Ratón, frotándose las patas delanteras—. Espera que te cuente —levantó una pata—. Para empezar, tenemos dos rodajas de paté de hígado, un trozo de jamón, tres trozos de tocino —de un bocadillo de tocino, lechuga y tomate—, y también la lechuga y el tomate del mismo bocadillo; cortezas de pan integral, de centeno y pan blanco, un montón de ensalada de col, dos cuadritos de chocolate Hershey, y el final de una barra de caramelo con nueces, y ahora viene lo mejor —Tucker hizo una pausa—: ¡refrescos con hielo!

—¿Y cómo has conseguido el hielo? —preguntó Chester.

—Pues te lo digo —respondió Tucker—. He estado todo el día escondido junto al mostrador de la cafetería. Cuando los camareros servían una cola, yo me apoderaba del hielo que dejaban caer y lo llevaba hasta el desagüe. Allí —siguió con mucho orgullo—, da la casualidad de que tengo una bolsa que conserva el hielo, reservada para una ocasión como ésta. Metí el hielo, cerré la bolsa y . . . ¡tenemos hielo! Bonito, ¿eh?

Se sentó sobre sus patas traseras y sonrió a Chester.

—Muy bonito —dijo Chester—, y ¿dónde tienes los refrescos?

—En vasos de cartón. Y nada de mezclarlos, ¿eh? Para cada uno, un vaso distinto.

—¡Qué maravilla! —exclamó Chester, admirado.

La fiesta

—¡Oh, no es nada! —dijo Tucker, agitando la pata—. Quiero decir que no es demasiado especial.

Miró a su alrededor y vio el reloj, la repisa y todo lo demás.

—También hay que felicitarte a ti por la limpieza. Por supuesto que no es tan importante como conseguir la comida, pero, hombre, también es agradable comer en un sitio limpio.

Mientras hablaban, entró Harry por la grieta del quiosco. Chester saltó para saludar a su otro invitado, como todo buen anfitrión.

—¿Qué tal el concierto? —preguntó.

Harry había estado en Washington Square para escuchar un concierto de música clásica al aire libre. Chester no entendía cómo se podía tocar música de cámara al aire libre. Pero en Nueva York cualquier cosa era posible.

—Muy bien —contestó Harry—. Pero no creo que el violinista tocara tan bien como tú lo haces.

Chester se alegró mucho al oírlo, pero tuvo que darse la vuelta para que Harry no viera cómo se sonrojaba.

—Harry, ayúdame con la comida —le dijo Tucker.

Saltó al suelo y corrió hacia la salida del desagüe. El gato y el ratón colocaron los diferentes platos a un lado, con los refrescos, para que todo el mundo pudiera servirse lo que quisiera. Era una cena tipo buffet. Tucker y Chester se instalaron en la repisa, y Harry, que era más alto, se sentó en el taburete, para que su cabeza estuviera al mismo nivel que las de sus amigos.

Tucker Ratón se sintió muy orgulloso al enfriar los refrescos con el hielo. Había cuatro vasos: uno de Pepsi, otro de Coca-Cola, otro de limonada y otro de naranjada.

Un Grillo en Times Square

Tucker puso un gran trozo de hielo en cada vaso, y luego con gran ceremonial los removió con una pajita que había encontrado aquella tarde.

—¡Ah! —suspiró—. ¿Dónde mejor que en Nueva York puede un ratón tomarse una Coca-Cola con hielo?

—Vendría bien escuchar un poco de música —dijo Harry, y enseguida conectó la radio.

Primero encontraron un noticiero. Pero eso no era lo más adecuado para una fiesta. Harry pasó a otra estación y halló un concurso, una hora de nuevos talentos y una radionovela, muy romántica, todo esto antes de hallar el programa musical que buscaba. La música es muy agradable durante una fiesta, porque te permite comer sin tener que hablar demasiado.

Harry Gato estaba comiéndose un trozo de la barra de caramelo cuando de repente dejó de masticar para escuchar la melodía que sonaba en la radio. Su cabeza empezó a balancearse al ritmo de la música.

—¡Es mi canción favorita! —exclamó, y empezó a tararearla.

—¡Cántala, Harry! —dijo Chester Grillo.

—No sabes lo que te espera —le advirtió Tucker Ratón, con la boca llena de tocino, tomate y lechuga.

Pero Harry tenía ganas de juerga, así que carraspeó y empezó a cantar.

—Tú eres para miiiaauu,

miiiaauu,

miiiaauu . . .

Harry tenía un maullido delicioso que encajaba muy bien con la letra de la canción.

—¡Ya te lo advertí! —gruñó Tucker.

Pero Harry siguió cantando.

—Yo soy para tiiiaauu,

miiiaauu,

miiiaauu . . .

—Quizás deberíamos volver a sintonizar la hora de los nuevos talentos —sugirió Tucker, mientras se comía un trocito de chocolate.

—Pues yo creo que Harry canta muy bien —dijo Chester.

—Ahora te toca a ti, Chester —le invitó Harry Gato.

La verdad es que el grillo estaba ansioso por actuar para sus amigos, pero necesitaba que le animaran un poco. Flexionó sus alas y dijo:

—Bueno, es que lo que yo hago no es exactamente cantar, ¿sabéis . . . ?

—Cantar, tocar, ¿qué más da? Mientras no suene como Harry . . . —dijo Tucker.

Bebió lo que le quedaba de la naranjada, y los tres se quedaron en silencio.

Estaban a mediados de agosto, que es la época que más gusta a todos los grillos. Chester no había cantado mucho porque estaba en Nueva York, pero esa noche cantó hasta colmar su corazón. Recordó la pradera, el arroyo, el tronco y el viejo sauce. La música manaba de sus alas, llenando todo el quiosco.

Cuando terminó, Tucker y Harry aplaudieron con entusiasmo y felicitaron a Chester.

—Ahora, toca algo que conozcamos —pidió Harry Gato.

—No sé si podré, porque todo lo que toco son mis propias composiciones.

La fiesta

—Escucha la radio y toca lo que oyes —sugirió Harry, elevando el volumen.

—Chester inclinó su cabeza hacia un lado. En la radio se oía el vals "Danubio Azul". Cuando había escuchado lo suficiente como para memorizar la melodía, Chester la tocó. ¡Y lo hizo perfectamente! Este grillo tenía tanto talento musical que no sólo interpretó la melodía sino que llegó a improvisar unas cuantas variaciones, sin perder el ritmo del vals. Pronto comprobó que cambiando el ángulo de sus alas podía conseguir que el tono de las notas subiera o bajara como él quería.

Chester recibió una gran ovación de sus dos amigos. Harry Gato, que se había colado varias veces en el Metropolitan Opera House y sabía cómo se comportaba allí el público, gritó: "¡Bravo, Chester! ¡Bravo!" Por supuesto, después de semejante demostración de su talento para imitar melodías, sus oyentes insistieron en que repitiera. Y Chester aceptó encantado. No hay nada como un público entusiasta para animar a un artista.

En la radio ofrecieron después varias canciones folklóricas italianas. Chester escogió las diferentes melodías y las interpretó junto con la orquesta.

Después la radio ofreció una selección de arias de ópera. A Chester le resultaba más fácil interpretar las partes de tenor que las de soprano, contralto o bajo. Pero aún así, tocó todo con gran maestría.

Cada vez que finalizaba una nueva pieza, los otros dos animales gritaban: "¡Otra!" "¡Otra!" "¡Otra!" Así que Chester seguía sin parar.

A continuación se escuchó en la radio una rumba latina. El ritmo era más difícil de seguir, pero después de

escuchar durante un par de minutos, Chester lo captó y
no lo perdió más. Su sonido recordaba a unas alegres
castañuelas.

—¡Imagínate! —exclamó Tucker Ratón—. Toca la
rumba tan bien como la música clásica.

Tucker se sentía más que alegre debido a todo lo que
había bebido, y con el ritmo latino empezó a exaltarse.
De un gran brinco se puso de pie y empezó a bailar en
la repisa. Harry Gato se reía al verle, pero al ratón no le
importó lo más mínimo, era un espíritu libre.

—Si Chester puede tocar, yo puedo bailar. Podríamos
montar un número de vodevil —dijo, jadeando.

—Si tú bailaras tan bien como él toca, quizás —dijo
Harry.

Tucker hizo una violenta pirueta al lado de la pipa de
papá Bellini. No vio por dónde iba y cayó contra la caja
de fósforos. La caja se volcó, y toda una nube de fósforos
se desparramó por la repisa y el suelo. Se oyeron varios
pequeños estallidos y el ruido seco de un fósforo al en-
cenderse. La mayoría cayeron en medio del suelo, donde
podían arder sin el menor peligro. Pero, por desgracia,
uno de ellos se encendió al lado de una pila de periódicos
de la mañana. La llama prendió el borde de los papeles
y rápidamente se extendió a todo el montón.

—¡Cuidado! —gritó Chester.

Harry Gato saltó a la repisa a tiempo de evitar que se
le quemara la cola. El grillo fue el primero en darse
cuenta de lo que pasaba y advirtió de lo que podía ocurrir
si no conseguían apagar el fuego.

—¡Trae la Coca-Cola y échala por todo!— gritó.

—¡Ya me la he bebido! —gritó Tucker.

La fiesta

—Muy típico —dijo Chester—. ¿Queda hielo?

Harry y Tucker volcaron lo que quedaba del hielo sobre las llamas.

El fuego chisporroteó, se redujo un poco y resurgió luego con más fuerza que nunca.

—A lo mejor podemos apagarlo —sugirió Harry.

Había un montón de revistas en el borde de la repisa, justo encima del fuego. Con un gran esfuerzo, Harry consiguió hacerlas caer. Luego los tres se asomaron al borde para ver si habían logrado sofocar el fuego.

—¡Oh, perfecto! —dijo Tucker—. Eso sigue ardiendo, y encima nos has cerrado la salida.

Estaban atrapados. Tucker y Harry saltaron al suelo y empezaron a retirar las revistas con desesperación. Pero el fuego les amenazaba y tuvieron que apartarse.

—¡Vaya manera de morir! —dijo Tucker—. Debería haberme quedado en la Décima Avenida.

Por un momento Chester sintió pánico. Pero se esforzó por ordenar sus pensamientos para analizar fríamente la situación. Entonces tuvo una idea. De un solo salto llegó al despertador y cayó sobre el botón que ponía en marcha la alarma. El viejo reloj empezó a sonar con tanta fuerza que parecía dar brincos por la repisa.

Chester volvió adonde sus amigos y les dijo:

—En un incendio, cualquier alarma vale.

Esperaron agachados contra la pared. En el extremo opuesto del quiosco, las llamas empezaban ya a trepar por la madera, y la pintura se había levantado.

Chester escuchó voces fuera del quiosco. Incluso a esas horas, había gente en la estación. De repente alguien dijo:

La fiesta

—¿Qué es eso?

—Huelo humo —comentó alguien más.

Chester reconoció aquella voz. Era la de Paul, el conductor del tren. Se oyó cómo se alejaban corriendo, para volver a los pocos instantes. Después comenzaron a golpear el candado con algo metálico, para retirar la cubierta. El quiosco entero temblaba por la fuerza de los golpes.

—Que alguien agarre por el otro lado —dijo Paul.

Por fin consiguieron quitar la cubierta, y entonces todos los que se habían reunido alrededor del quiosco quedaron asombrados al ver, a través del humo y el intenso resplandor de las llamas, un gato, un ratón y un grillo que corrían y saltaban para ponerse a salvo.

ONCE

El gafe

Desde el desagüe, los tres animales pudieron observar cómo Paul apagaba el fuego. Primero sacó del quiosco los periódicos que pudo salvar. Luego buscó un cubo de agua para apagar los demás. Por último, echó agua también por las paredes, para asegurarse de que no se prenderían de nuevo. Cuando el peligro había pasado, llamó a papá Bellini.

—¡Qué desastre! —se lamentó Tucker, mirando el montón de mojados y humeantes periódicos.

Nadie sabía qué decir.

—¿Qué vas a hacer ahora, Chester? —dijo por fin Harry Gato.

—Me vuelvo al quiosco. Si los Bellini ven que me he largado, creerán que he causado el incendio y he huido.

—También pueden pensar que quemaste el quiosco y te has quedado —dijo Tucker.

—Es un riesgo que tengo que correr —sentenció Chester, y antes de que el gato o el ratón pudieran decir nada para disuadirle, se marchó saltando hacia el quiosco.

Paul le dijo al maquinista del tren que iba a dejar de hacer un par de viajes, porque tenía que esperar que llegaran los Bellini. No quería que nadie tocase la caja

El gafe

registradora mientras el quiosco estuviese abierto. El conductor tiró a la basura todos los restos de comida, convencido de que eran de los Bellini.

Chester saltó a la repisa, en la que nada se había quemado pero todo olía a humo. Muy triste, se metió en su jaula y se acomodó para esperar lo que viniera.

Los Bellini no tardaron mucho en llegar. Habían tomado un taxi, y cuando los Bellini tomaban un taxi, era seguro que se trataba de una emergencia. Chester oyó cómo bajaban corriendo desde la calle. Papá intentaba calmar a mamá, y ella jadeaba por culpa del asma y de la emoción. Cuando vio los montones de revistas y periódicos en el suelo, empezó a gemir, ladeando la cabeza. Papá la ayudó a sentarse en el taburete, pero el taburete estaba húmedo, y mamá tuvo que levantarse con una mancha en la falda.

—¡Es la ruina! ¡La ruina! —sollozaba—. Todo se ha quemado.

Papá trató de reconfortarla lo mejor que pudo, diciéndole que sólo se habían perdido unos números de *Ladies' Home Journal*. Pero mamá no quería creerlo y pensaba que la más completa destrucción les había caído encima.

Mario, que figuraba al final de ese triste desfile, se preocupó ante todo por la salud de su grillo. Comprobó que Chester estaba en su jaula, y decidió que lo mejor sería estarse quietecito hasta que mamá se calmara.

Paul les explicó todo lo que había pasado: él había olido humo y oído un despertador. Corrió y llegó a tiempo de ver que unos animales se escapaban del quiosco en llamas.

—¿Ah, sí? —gritó mamá Bellini, y toda su tristeza se

transformó en ira—. ¡Animales en el quiosco otra vez! ¡Ya te lo dije! —gritó, levantando el dedo índice—. Te dije que el grillo invitaría a sus amigos. ¡Es un incendiario!

Mario no pudo decir nada. Abrió la boca para defender a Chester, pero antes de que pudiera pronunciar una sola palabra, todas sus tentativas se hundieron en el torrente de reproches de mamá. Había encontrado alguien a quien culpar de todas sus desgracias, y ahora ya no había forma de pararla.

Cuando por fin se detuvo, Mario dijo tímidamente:

—Mi grillo jamás haría algo como quemar nuestro quiosco.

—Pero el hecho es que ha habido un incendio.

—Sí, pero los grillos, en realidad, traen buena suerte, y . . . —empezó Mario.

—¡Buena suerte! —exclamó mamá, indignada—. ¡Se come el dinero! ¡Es un pirómano! ¡Un gafe! Todo lo contrario a la buena suerte. Tiene que irse.

Cruzó los brazos sobre el pecho. Y cuando adoptaba esa actitud, Mario sabía que no había nada que hacer. Era el fin.

—Podría tenerlo en otro sitio —sugirió en un último intento.

—¡No! —dijo mamá, negando con la misma fuerza con que cerraba una puerta—. ¡Es un gafe! ¡Tiene que irse!

Papá se llevó un dedo a los labios para indicar a Mario que se callara, y los dos se pusieron a limpiar y a recogerlo todo. Llevaron al cubo de la basura todas las revistas

El gafe

quemadas y trataron de salvar las que sólo se habían chamuscado ligeramente. Mario fregó el suelo del quiosco mientras mamá extendía los periódicos para que se secaran. Cuando por fin terminaron la ingrata tarea, los primeros transeúntes entraban en la estación.

Chester, tumbado en el suelo de su jaula, se sentía culpable: él no había provocado el incendio, pero si no hubiera invitado a sus amigos al quiosco, no habría pasado nada. Además, él había tocado la rumba que llevó a Tucker a bailar y a tirar los fósforos al suelo. Y también él se había comido el billete de dos dólares. Empezaba a creer que era realmente un gafe.

Durante la hora punta de la mañana, Mario no paró de gritar, con especial ansiedad:

—¡Periódico, señor! ¡*Time* o *Life*, señor!

Papá también estaba más activo de lo normal. Mamá, en cambio, se había quedado sentada en el taburete, con una expresión de gris determinación en el rostro. A pesar de que las ventas iban bien aquella mañana, no cambió de opinión. Cuando pasó la hora punta, papá se marchó a comprar un candado nuevo.

Chester oyó un leve rozar detrás de la caja de pañuelos. Una carita conocida se asomó.

—¿Qué pasa? —preguntó Tucker en un susurro.

—¿Estás loco? —dijo Chester, conteniendo la respiración—. Lo único que nos faltaba es que te encuentren aquí.

—Tenía que saber lo que estaba pasando —dijo Tucker.

—Me van a echar —suspiró Chester.

Un Grillo en Times Square

—¡Ay, ay, ay! —gimió Tucker—. Y todo por culpa mía. Supongamos que les doy lo que me queda de mis ahorros, ¿eh? Quizás podamos sobornarlos.

Chester apoyó su cabecita negra en los barrotes de su jaula.

—Esta vez no —dijo con tristeza—. Mamá Bellini está decidida a todo. Pero no la culpo. Ojalá no hubiera venido nunca a Nueva York.

—¡Oh, Chester, no digas eso! —gritó Tucker—. Me haces sentir como una rata, y soy sólo un ratoncito.

—Tampoco es culpa tuya, Tucker —dijo Chester—, pero la verdad es que sólo les he traído mala suerte desde que llegué.

Casi sin saber lo que hacía, el grillo empezó a cantar para aliviar sus penas. Había aprendido que cantar cuando se tienen problemas ayuda a superarlos. No prestaba mucha atención a lo que hacía, y casi por accidente emitió las primeras notas de una canción popular italiana que había oído la noche anterior. Era tan melancólica y tan dulce a la vez que le vino como anillo al dedo para la ocasión.

Mamá Bellini estaba desatando un montón de *Herald Tribune*s cuando escuchó la canción. Al principio no reconoció lo que era.

—¿Che cos'e questa? —dijo en italiano.

Chester dejó de cantar.

—¿Chi cantava? —preguntó mamá.

Mario miró a su madre. Normalmente, cuando hablaba en italiano es que estaba de buen humor. Pero hoy no podía ser así.

Tucker Ratón tenía un don especial para juzgar el

94

El gafe

carácter de otros seres, ya fueran animales o humanos. Creyó percibir una cierta dulzura en el tono de voz de mamá Bellini.

—Toca un poco más —le susurró a Chester.

—Me odia —dijo el grillo—. Sólo voy a conseguir que se enfade aún más.

—¡Haz lo que te digo! —ordenó el ratón con urgencia.

Así que Chester empezó a cantar de nuevo. Ya había caído en desgracia, ¿qué más le daba? La canción se llamaba "Torna a Sorrento" y, por suerte para él, era la favorita de mamá Bellini. En casa, allá en Nápoles, papá Bellini solía ir a cantársela, acompañándose de una destartalada guitarra, debajo de la ventana en las noches de luna llena.

Mientras Chester cantaba, mamá creyó estar reviviendo toda la escena: la cálida y tranquila noche, el brillo de la luna en todo su esplendor sobre la aterciopelada bahía de Nápoles, y papá cantando sólo para ella. Sus ojos se llenaron de lágrimas, mientras recordaba los felices tiempos pasados. Y con un hilo de voz empezó a murmurar la letra de la canción.

Chester Grillo nunca había tocado con tanta destreza. Cuando oyó cantar a mamá, tocó más lentamente para que ella pudiera seguirle. Cuando mamá cantó fuerte, él también lo hizo, y tocó más bajo cuando su voz se ahogó de emoción. Pero siempre fue Chester el que llevó la voz cantante, encontrando el tiempo correcto. Era el acompañante perfecto.

Mario estaba boquiabierto de asombro. Su mirada iba de la jaula del grillo al rostro de su madre. Era tan maravilloso oír cantar a mamá como ver que Chester

sabía tocar canciones familiares. A veces, únicamente cuando estaba muy contenta, mamá silbaba, y tan sólo una o dos veces la había oído tararear. ¡Pero ahora lloraba y cantaba como un ruiseñor italiano!

Chester terminó "Torna a Sorrento".

—¡Sigue! ¡Sigue! —le apremió Tucker Ratón—. Con otra canción triste la tienes en el bolsillo.

Antes de que mamá pudiera cambiar de humor, Chester empezó a tocar la selección de arias de ópera que había interpretado en la fiesta de la noche anterior. Mamá no sabía todas las letras, pero pudo tararear algunas de las melodías. Mario estaba tan quieto que parecía de piedra.

Papá Bellini, que regresaba del cerrajero, al bajar las escaleras se sorprendió al no escuchar a mamá y Mario anunciar los periódicos. Pero le sorprendió aún más escuchar la Gran Marcha de *Aída,* cuyas notas salían de la jaula del grillo.

—¡Pero si canta ópera! —exclamó papá asombrado, y sus ojos parecían tan grandes como dos huevos duros.

—¡Chisss! —le ordenó mamá, agitando la mano.

Chester tenía una memoria perfecta para la música. Le bastaba escuchar una melodía una sola vez para recordarla por siempre. Cuando terminó con la selección de ópera, dejó de cantar.

—¿Sigo con las canciones populares? —le susurró a Tucker Ratón, que permanecía escondido tras la caja de pañuelos de papel.

—Espera un momento —contestó Tucker—. Vamos a ver lo que pasa.

Un Grillo en Times Square

Mamá Bellini tenía una mirada de ensoñación. Rodeó a su hijo con el brazo y dijo:

—Mario, ningún grillo que cante "Torna a Sorrento" tan bien puede ser un incendiario. Puede quedarse un poco más.

Mario se abrazó al cuello de su madre.

—¿Lo has oído? ¿Lo has oído? —gritaba Tucker—. ¡Te puedes quedar! ¡Qué bien, qué bien, qué bien! Y esto no es más que el principio. Yo seré tu agente, ¿de acuerdo?

—De acuerdo —asintió Chester.

Y así comenzó la semana más increíble en la vida de Chester Grillo, o de cualquier grillo de la historia.

DOCE

El señor Smedley

Eran las dos de la madrugada. El nuevo representante de Chester, Tucker Ratón, iba de una a otra punta de la repisa, por delante de la jaula del grillo. Harry Gato estaba tumbado, con su larga cola colgando, y el propio Chester descansaba en su caja de fósforos.

—He estado considerando seriamente la nueva situación —dijo Tucker Ratón solemnemente—. De hecho no he podido pensar en otra cosa durante todo el día. Lo primero que tenemos que entender es que Chester Grillo es un ser con mucho talento.

—¡Eso, eso! —dijo Harry. Chester le sonrió. Aquel gato era realmente encantador.

—En segundo lugar, el talento es algo raro, bello y precioso, que no se debe despreciar —Tucker carraspeó—. Y en tercer lugar, ¿quién sabe?, tal vez podamos ganar un poco de dinero con todo esto.

—Ya sabía yo que eso estaba en el fondo de todo —dijo Harry.

—Espera, Harry, por favor, espérate un momento, y escúchame, antes de empezar a llamarme roedor avaricioso —dijo Tucker, sentándose al lado de Chester y Harry—. El negocio del quiosco no va nada bien, ¿de

acuerdo? ¡De acuerdo! Si los Bellini estuvieran contentos, mamá Bellini no tendría tanta prisa para deshacerse de Chester, ¿de acuerdo? ¡De acuerdo! Hoy le cae bien porque él ha tocado sus canciones favoritas, pero quién sabe lo que opinará mañana.

—Y también me gustaría ayudarles porque se han portado muy bien conmigo —dijo Chester Grillo.

—¡Naturalmente! —dijo Tucker—. Y si una parte de los beneficios del éxito llega a parar al desagüe donde vive un viejo y querido amigo de Chester, bueno, ¿qué hay de malo en ello?

—Sigo sin entender cómo vamos a poder ganar dinero —dijo Chester.

—Todavía no he ultimado todos los detalles —contestó Tucker—, pero les puedo decir que en Nueva York la gente siempre está dispuesta a pagar el talento. Y lo que queda claro es que Chester tiene que aprender más música. Personalmente, y sin ánimo de ofender, yo prefiero sus propias composiciones.

—Oh, no me ofendes —dijo el grillo—. Yo también las prefiero.

—Pero los seres humanos —prosiguió Tucker—, siendo humanos, y ¿quién puede culparlos de eso?, preferirán oír piezas escritas por ellos mismos.

—Pero, ¿cómo voy a aprender canciones nuevas? —preguntó Chester.

—Es muy fácil —dijo Tucker Ratón. Corrió hasta la radio, se apoyó con todas sus fuerzas en el botón y lo encendió.

—No demasiado alto —dijo Harry Gato—. La gente de ahí fuera puede sospechar algo.

Un Grillo en Times Square

Tucker giró el dial hasta que un riachuelo de música salía del aparato.

—Toca lo que oyes —le dijo a Chester.

Y así comenzó la educación musical de Chester. En la noche de la fiesta, sólo tocaba para diversión, pero ahora se dedicó muy en serio a aprender algo de música humana. Antes de terminar la noche, había memorizado tres movimientos de sinfonías distintas, media docena de temas de comedias musicales, un solo de violín, y cuatro himnos, aprendidos durante un programa religioso de madrugada.

Al día siguiente, que era el último domingo de agosto, los tres Bellini acudieron a abrir el quiosco. Apenas podían creer lo que había sucedido el día anterior y estaban ansiosos por saber si Chester volvería a tocar aquellas canciones tan familiares. Mario le dio a su grillo el habitual desayuno de hojas de morera y agua, que Chester tomó lentamente. Notaba que todos estaban especialmente nerviosos y disfrutó haciéndoles esperar un poco. Cuando terminó el desayuno, se rascó bien y calentó sus alas.

Como era domingo, Chester pensó que sería bonito comenzar con un himno, y eligió "Principio del Tiempo" para iniciar su concierto. Con el sonido de las primeras notas, las caras de mamá, papá y Mario se iluminaron, y sus ojos expresaron una gran felicidad, pero no fueron capaces de decir ni una sola palabra.

Durante una pausa, después de que Chester terminara "Principio del Tiempo", el señor Smedley llegó al quiosco para comprar su número mensual de *América Musical*. Su paraguas, enrollado con buen gusto, colgaba de su brazo, como siempre.

El señor Smedley

—Oiga, señor Smedley, mi grillo toca himnos —dijo Mario, sin dejar siquiera que el profesor de música pudiera dar los buenos días.

—¡Y ópera! —añadió papá.

—¡Y canciones italianas! —exclamó mamá.

—Vaya, vaya —dijo el señor Smedley, que por supuesto no creía ni una sola palabra de lo que le estaban diciendo—. Veo que nos hemos encariñado con nuestro grillo. Pero ¿no estamos dejando quizás que nuestra imaginación vuele un poco alto?

—¡Oh, no! —dijo Mario—. Escuche, lo hará otra vez.

Chester bebió un sorbito de agua y estuvo listo para volver a tocar. Esta vez, sin embargo, no interpretó "Principio del Tiempo" sino una versión muy entusiasta de "Adelante soldados cristianos".

Los ojos del señor Smedley se abrieron. Se quedó boquiabierto y se le fue el color de la cara.

—¿Quiere sentarse, señor Smedley? —preguntó papá—. Está usted un poco pálido.

—Creo que debería —contestó el señor Smedley, secando su frente con un pañuelo de seda—. Es un choque bastante fuerte, ¿sabe?

Entró en el quiosco y se sentó en el taburete, de modo que su cara estaba a unos centímetros de la jaula del grillo. Chester cantó el segundo verso del himno, y terminó con un poderoso "Amén".

—¡Cielo santo! —exclamó el profesor de música, sobresaltado—. El organista tocó eso en la iglesia esta mañana, y no sonó ni la mitad de bien. Por supuesto, un grillo no tiene la misma potencia que un órgano, pero lo que le falta en poder le sobra en dulzura.

El señor Smedley

—Pues eso no es nada —dijo papá Bellini con orgullo—. Debería oírle tocar *Aída*.

—¿Puedo intentar un pequeño experimento? —preguntó el señor Smedley.

Todos los Bellini dijeron "sí" a la vez. El profesor de música silbó la escala: do re mi fa sol la si do. Chester plegó sus patas y, tan rápidamente como pasarías los dedos por las cuerdas de un harpa, repitió la escala entera.

El señor Smedley se quitó las gafas. Había lágrimas en sus ojos.

—Tiene oído absoluto —dijo con voz temblorosa—. Yo sólo he conocido otra persona que lo tuviera. Era una soprano que se llamaba Arabella Hefflefinger.

Chester empezó a tocar de nuevo. Interpretó los otros dos himnos que había aprendido, "El Rosario" y "Una poderosa fortaleza es nuestro Dios", y luego el concierto para violín. Naturalmente, no pudo tocarlo como había sido escrito al no disponer de una orquesta que le acompañara, pero teniendo eso en cuenta, fue magnífico.

Una vez que el señor Smedley se hizo a la idea de que estaba escuchando un concierto ofrecido por un grillo, disfrutó mucho de la actuación. Dedicó cálidas alabanzas al fraseo de Chester, es decir la forma en la que el grillo tocaba todas las notas de un pasaje musical sin dejar que se amontonasen. Y a veces, cuando se sentía muy emocionado por alguna sección, el profesor de música se llevaba la mano al corazón y decía: "Este grillo lo lleva aquí".

Un Grillo en Times Square

Mientras Chester tocaba todos los números de su programa, un enorme grupo de gente se arremolinó alrededor del quiosco. Después de cada pieza aplaudían y felicitaban a los Bellini por su asombroso grillo. Mamá y papá se sentían tan orgullosos que parecía que iban a estallar. Mario también estaba muy contento, aunque él siempre había pensado que Chester era muy especial.

Cuando la música llegó a su fin, el señor Smedley se puso de pie y dio la mano a mamá, a papá y a Mario.

—Tengo que darles las gracias por la hora más deliciosa que jamás he pasado. El mundo entero debería conocer a este grillo—, y de repente su cara se iluminó—. Creo que voy a escribir una carta al editor musical del New York Times. Seguro que se mostrará interesado.

Y ésta es la carta que el señor Smedley escribió:

Al editor musical del New York Times
y al pueblo de Nueva York.

Alégrense, oh ciudadanos de Nueva York, porque ha sucedido un milagro musical en nuestra ciudad. Este mismo día, domingo 28 de agosto, seguramente pasará a la historia de la música. Para mí ha sido un placer y un privilegio haber estado presente en el más bello recital jamás oído en toda una vida dedicada al arte más sublime. (Es decir, la música.) Como musicólogo y graduado, con honores, de una reconocida escuela local de música, creo que tengo capacidad para juzgar tales asuntos, y digo, sin dudar un instante, que ¡jamás se han oído semejantes melodías en Nueva York!

"¿Pero quién era el artista?" se preguntará el

amante de la música. "¿Se trataba quizás de un cantante nuevo recién llegado de una gira triunfal por las capitales de Europa?"

No, queridos amantes de la música, no lo era.

"Entonces, ¿era algún violinista, que arrimaba con amor su violín contra su mejilla mientras tocaba?"

Se equivocan de nuevo, amantes de la música.

"¿Podría haber sido entonces un pianista con dedos sensibles y largos que lograba sonidos mágicos del teclado de marfil y ébano?"

Ah, amantes de la música, no lo adivinarían nunca. ¡Era un grillo! Un simple grillo, no más grande que la mitad de mi dedo meñique (que es bastante largo, porque toco el piano), pero un grillo que interpreta música operística, sinfónica y popular. ¿Me equivoco, pues, diciendo que un acontecimiento así es un milagro?

Y ¿dónde está ese extraordinario artista? ¿En el Carnegie Hall? No, amantes de la música, ni en el Metropolitan. Lo encontrarán en el quiosco de prensa de la familia Bellini, en la estación de metro de Times Square. Les sugiero, ¡les suplico!, a cada hombre, mujer o niño que lleve la música en su alma, ¡que no pierdan ni uno de sus maravillosos, o mejor dicho gloriosos, conciertos!

Encantadamente suyo,
Horatio P. Smedley

P.D. También doy lecciones de piano.
Para más información,
escribir a:
H. P. Smedley
1578 West 63rd Street
New York, N.Y.

TRECE

La fama

El redactor musical del *New York Times* se quedó bastante sorprendido al recibir la carta del señor Smedley. Pero él creía firmemente en la libertad de prensa y decidió publicarla en la sección de espectáculos del periódico. A la mañana siguiente, miles de personas, en su casa durante el desayuno, y en los trenes y autobuses que las llevaban a Nueva York, conocieron la existencia de Chester.

Aquella mañana, los Bellini llegaron muy temprano al quiosco. Papá abrió el paquete del *New York Times* y hojeó un ejemplar, en busca de la carta. Cuando la encontró, se la leyó a mamá y a Mario. Luego dobló de nuevo el periódico y lo puso encima del montón para venderlo.

—Así que tenemos una celebridad entre nosotros —dijo.

En aquel mismo momento, la celebridad bostezaba dentro de su jaula. Había estado casi toda la noche despierto aprendiendo nuevas canciones con su representante y con Harry Gato. Después de desayunar y estirarse bien, probó sus alas, como un violinista prueba su instrumento para ver si está afinado. Las alas estaban bien. En

La fama

esta época del año sentía muchas ganas de tocar. Hizo un par de escalas y comenzó su interpretación.

Su primera pieza fue algo que había escuchado la noche anterior. Se llamaba "Pequeña música nocturna", y era de un hombre llamado Mozart. A los tres amigos les encantó y pensaron que era una pieza muy adecuada para un grillo, ya que la había oído por vez primera una noche y Chester era un ser bastante pequeño. Además, aquélla era una música deliciosa, con ligeras melodías que sonaban como pequeños insectos saltando en la hierba y pasándolo bien.

Mientras Chester tocaba, la estación de metro comenzó a llenarse de viajeros. La gente iba formando un corro alrededor del quiosco. Unos habían oído el canto del grillo, otros querían ver al curioso animal cuya historia habían conocido aquella mañana. Y como pasa siempre en Nueva York cuando se forma un pequeño grupo, cada vez se detenían más curiosos a ver lo que pasaba. Las abejas lo hacen, y también los seres humanos.

Alguien preguntó quién tocaba.

—Es un grillo —contestó un hombre.

—Oh, vamos, deja de bromear —dijo el que había preguntado, echándose a reír.

Delante de él, una señora bajita, que llevaba un sombrero con una pluma y que estaba disfrutanto de la música, se dio la vuelta y susurró, muy enfadada:

—¡Chisss!

En otra parte de la estación, un señor leía en el periódico la carta del señor Smedley, y a ambos lados otros dos señores la leían por encima de su hombro.

Un Grillo en Times Square

—¡Vaya! —dijo el que estaba a la derecha— ¡Un grillo! ¿Quién se lo va a creer?

—Seguro que es un montaje —dijo el hombre de la izquierda—. Probablemente se trata de un disco.

El hombre del centro, el dueño del periódico, lo cerró con fuerza y dijo:

—¡No es un montaje! Es un pequeño ser vivo que canta de maravilla. Tanto que voy a devolver mi abono de temporada para la Filarmónica.

En todas partes la gente comentaba, discutía y escuchaba a Chester.

Mario puso la jaula sobre un montón de revistas viejas, para que todo el mundo pudiera ver al grillo. Cuando Chester terminaba una pieza, los oyentes gritaban a coro: "¡Más! ¡Más!" con una fuerza que retumbaba en toda la estación.

El grillo recobraba fuerzas, bebía un sorbito de agua, doblaba las alas y empezaba otra pieza con toda rapidez.

La multitud crecía cada vez más. Mamá Bellini jamás había visto tanta gente alrededor del quiosco. Pero ella no era de esa clase de personas a las que aturde la buena suerte. Agarró un bulto de periódicos y empezó a pasear entre la multitud, diciendo en voz baja, para no molestar a los amantes de la música:

—¡Lean todo sobre el grillo en el *New York Times*!

Los periódicos se vendieron como rosquillas, y mamá tuvo que volver una y otra vez a buscar más. En menos de media hora, las existencias de periódicos se habían agotado.

—¡No te quedes ahí con los ojos cerrados! —le susurró mamá a papá Bellini, pues él era una de esas personas

que disfrutan más de la música con los ojos cerrados. Mamá le puso en los brazos un montón de ejemplares de *América Musical,* y le dijo:

—Intenta con éstas. Ahora es un buen momento.

Papá suspiró, pero hizo lo que ella le pedía y en muy poco tiempo también las revistas se habían agotado. Se puede decir, sin duda alguna, que jamás había existido tanto interés por la música en la estación de Times Square como en aquella mañana.

En el desagüe, Tucker Ratón y Harry Gato también escuchaban la música. Harry tenía los ojos cerrados, como papá Bellini.

Había tantos humanos delante que ni siquiera podían ver el quiosco, pero oían a Chester tocar con fuerza al otro lado de la gran muralla de espaldas, cabezas y piernas. Sus notas claras llenaban la estación.

—¡Te lo dije! —exclamaba Tucker entre pieza y pieza—. Míralos a todos. Hay una fortuna en esto. Ojalá uno de nosotros fuera lo bastante grande como para pasar la gorra.

Pero Harry se limitó a sonreír. Estaba contento como estaba, sentado disfrutando de la música. Y la multitud seguía creciendo. Sólo en aquel primer día, 783 personas llegaron tarde al trabajo, porque se habían entretenido escuchando a Chester.

Durante los días siguientes, otros periódicos publicaron artículos sobre el grillo. Hasta *América Musical* envió a un editor adjunto para escuchar el recital. Chester también apareció en las noticias de la radio y la televisión. Todos los locutores hablaban de aquel extraordinario

La fama

insecto que hacía las delicias de la multitud en el metro de Times Square.

Los Bellini decidieron que el mejor momento para que Chester tocara era por la mañana temprano y por la tarde, ya que a esas horas había más gente en la estación. Los conciertos empezaban a las ocho de la mañana y a las cuatro y media de la tarde, y duraban hora y media, sin contar los bises.

El negocio del quiosco iba de maravilla. Mamá se aseguró de que les trajeran más periódicos y revistas. Pero aún así, a la hora de cerrar nunca les quedaba nada. Por cierto que mamá Bellini resultó ser la mejor amiga que jamás tuvo un grillo. A mediodía siempre corría a casa a preparar alguna delicia para Chester, como una ensalada de frutas en miniatura, o un surtido de verduras tan pequeño que se podía servir en una moneda de un dólar de plata.

Chester realmente prefería sus hojas de morera, pero se comía todo lo que mamá le ponía para no herir sus sentimientos.

Sai Fong, que había visto la foto de Chester en el periódico, se encargaba de suministrar las hojas de morera. Su amigo y él habían encontrado dos sillas plegables en su desván, y venían todos los días a las ocho y a las cuatro y media, para oír los nuevos repertorios de Chester.

El señor Smedley también iba por lo menos una vez al día. Llevaba una grabadora y grababa todas las nuevas piezas que Chester iba aprendiendo. Y durante el descanso —siempre había uno de diez minutos— ofrecía charlas sobre cultura musical para el público.

113

Un Grillo en Times Square

De modo que antes del jueves Chester Grillo era el músico más famoso de la ciudad de Nueva York. Pero ahora, algo era diferente: no era feliz, o al menos, no tan feliz como antes. Tenía la sensación de que la vida ya no resultaba tan libre ni tan divertida.

Es más, aunque la fama le parecía bonita, también le cansaba mucho. Interpretar dos conciertos todos los días era algo demoledor, y él no estaba acostumbrado a tocar con un horario estricto. En casa, en su pradera, Chester lo hacía simplemente cuando le venía la inspiración, porque calentaba el sol o había luna llena o quería tener una conversación musical con su amiga la alondra. Pero ahora tenía que empezar a las ocho y a las cuatro y media, le apeteciera o no.

Le alegraba poder ayudar a los Bellini, claro, pero a su música le faltaba algo de su vivacidad habitual. Y otra cosa más: a Chester no le gustaba nada que le mirasen. Cuando estaba tocando, no había mucho problema, porque todo el mundo se quedaba quieto para escuchar la música. Pero cuando terminaba, los humanos tenían la manía de acercarse. Pegaban sus caras a los barrotes de la jaula e incluso metían los dedos dentro. Algunos buscadores de recuerdos se habían llevado su vaso de papel y hasta los restos de las hojas de morera. Chester sabía que no pretendían hacerle daño, pero no podía acostumbrarse a que miles de ojos le observaran. Llegó a resultarle tan desagradable que cuando terminaba los conciertos se metía dentro de su caja de fósforos y se tapaba con un trozo de pañuelo.

Así, el jueves sucedieron tres cosas que le molestaron

terriblemente. La primera de ellas fue la llegada de septiembre. Aquel era el primer día de un nuevo mes. Chester miró por casualidad el titular del *New York Times* y allí estaba: 1° de septiembre. Un nuevo mes y con él pronto una nueva estación. El otoño casi había llegado. Por algún motivo, pensar en septiembre y en todos los cambios que traía consigo le hizo sentirse muy pequeño y perdido.

Y aquella tarde, mientras tocaba, una hoja marrón, la primera hoja caída del otoño, entró en la estación y vino a parar justo al lado de la jaula. Aquella hoja llegaba de New Jersey. Una ráfaga juguetona de viento la había llevado bailando a través del río Hudson y a lo largo de la Calle 42, para entrar disparada por la boca del metro.

Chester estaba en medio de una pieza cuando la hoja cayó a su lado. Le causó un gran sobresalto ver aquel pequeño recuerdo de todo lo que pasaba en el campo, y durante unos segundos no pudo seguir tocando. Pero enseguida recordó dónde se encontraba y se esforzó por continuar.

Mario fue el único que se dio cuenta de la pausa.

Pero lo peor sucedió después del concierto. Chester estaba apoyado en su caja de fósforos cuando de repente dos dedos empezaron a adentrarse en la jaula para acercarse a la pequeña campanita de plata. No eran las manos de papá ni las de mamá ni las de Mario. Chester conocía bien las manos de los Bellinis. Algún desconocido intentaba robar su campana. El grillo dio la voz de alarma en el preciso momento en que el hombre trataba de arrancarla.

Papá se dio la vuelta, advirtió lo que pasaba y gritó:

—¡Oye! ¿Qué estás haciendo?

El hombre desapareció entre la multitud.

La fama

Mario y mamá, que estaban fuera vendiendo los últimos periódicos del día, volvieron corriendo al quiosco.

—¿Qué pasa? —preguntó mamá, jadeando.

—Un ladrón —contestó papá.

—¿Está bien mi grillo? —preguntó Mario, ansioso.

—Sí, está en su caja de fósforos.

Mario miró dentro, y allí estaba Chester, tratando de empujar un trozo de papel hacia la abertura.

—Ya puedes salir —le dijo el muchacho—. Ha pasado el peligro.

Pero Chester no quiso salir. Mario había notado que el grillo se escondía después de cada concierto, y eso le preocupaba.

Mamá Bellini estaba convencida de que el hombre era un secuestrador de grillos y no un simple ladrón. Pero papá les explicó que sólo había querido robar la campanilla.

—Pero esa campanita es de mi grillo —dijo Mario—. El señor Fong se la regaló.

Desató la campana y la escondió en el fondo de la caja registradora, junto al pendiente de mamá, para que nadie más sintiera la tentación de llevársela.

Chester continuaba escondido en la caja de fósforos. Mario retiró con cuidado el pañuelo de papel y le susurró:

—Por favor, sal.

Chester se movió, emitió una sola nota, pero se quedó en su lugar.

—¿Qué le ocurre? —preguntó papá.

—Puede que esté enfermo —dijo Mario.

Le ofreció a Chester una hoja de morera. El grillo sacó

la cabeza, y cuando comprobó que no quedaba nadie extraño, saltó a la mano de Mario.

—Deberías llevarlo al médico de insectos —sugirió mamá—. ¿Cómo se llaman?

—Entomólogos —dijo Mario, mientras le daba la morera a Chester.

—Pues eso, llévale al entolólogo.

—Tal vez sólo esté cansado —dijo papá—. Podríamos dejarle descansar unos días.

Después de comer toda la morera que quiso, Chester emitió una nota de agradecimiento y se volvió a la cajita de fósforos.

—Creo que ya no es feliz —dijo Mario.

—¿Cómo lo sabes? —preguntó mamá.

—Lo veo. Y sé cómo me sentiría yo si fuera grillo —Mario metió la caja dentro de la jaula—. La semana que viene empieza otra vez el colegio, así que tienen que prometerme que cuidarán bien de Chester cuando yo no esté.

—¡Claro que sí! —le aseguró papá—. También nosotros le queremos, ¿sabes?

El chico se quedó mirando la jaula, con la frente arrugada por la preocupación.

—Creo que si no va a ser feliz aquí, hubiera sido mejor que no viniera a Nueva York —dijo finalmente.

Chester le oyó y estuvo meditando esas palabras mientras los Bellini cerraban el quiosco. Y siguió pensando en ello más tarde, cuando ya se habían marchado. Por fin, con la rapidez de un cerrojo que se cierra, llegó a una conclusión. Y se sintió muy aliviado después de haber tomado su decisión. Suspiró, relajando alas y patas, mientras esperaba la llegada de Tucker Ratón.

CATORCE

Orfeo

Chester no tuvo que esperar mucho tiempo. Unos minutos después, Tucker llegó corriendo al quiosco, saltó al taburete y de ahí a la repisa. Harry le seguía, andando tranquilamente, como siempre.

Tucker Ratón se tomaba muy en serio eso de ser el representante de un famoso artista.

—Buenas noches, Chester —dijo—. Perdona la sugerencia, pero me parece que el ritmo que llevaste en "Estrellas y franjas por siempre" dejaba algo que desear. No puedes empezar a relajarte ahora que estás en la cima, ¿sabes? Vamos a empezar el ensayo.

Chester salió de la cajita de fósforos.

—Al menos me dejarás saludar a Harry, ¿no?

—Claro, salúdale —dijo Tucker Ratón—. Hola, Harry. Hola, Chester. Bien, ya nos hemos quitado de encima los saludos. Podemos empezar a ensayar.

Chester miró a Harry, ladeando la cabeza. El gato sonrió y le guiñó un ojo.

Tucker buscaba una emisora. Con actitud de cansancio, Chester preparó sus alas para tocar. En la radio sonó una danza irlandesa. El grillo se dispuso para lanzarse con los primeros acordes de la danza, pero de repente bajó sus alas y dijo:

—Esta noche no me siento con ánimos.

—¿Qué te pasa? —preguntó Tucker.

—Que no me apetece tocar.

—¡Que no te apetece tocar! —exclamó el ratón. —Eso es como si el sol dijera: "Hoy no me apetece brillar".

—Bueno, también hay días nublados. ¿No tengo derecho a descansar, acaso? —preguntó el grillo.

—Ejem, ejem, ejem —balbuceó Tucker, muy perplejo.

—Déjale que se tome un día libre —dijo Harry Gato—. ¿Qué te pasa, Chester? ¿Empieza a deprimirte la fama?

—Supongo que me siento así porque ha llegado septiembre —suspiró Chester—. Nos estamos acercando al otoño, y es tan bonito allá en Connecticut. Las hojas cambian de color, los días son muy claros, aunque se ve un poquito de humo en el horizonte, cuando queman la hojarasca. Comienzan a salir las calabazas.

—Podemos ir al Parque Central —sugirió Tucker—. Los árboles también cambian de color allí.

—Pero no es lo mismo —dijo Chester—. Necesito ver un campo sembrado de maíz —se detuvo y luego hizo un gesto nervioso—. No quería decírtelo aún, pero debes saberlo. Voy a . . . Voy a retirarme.

—¿Retirarte? —gritó Tucker Ratón.

—Sí, retirarme —contestó Chester en voz baja—. Adoro Nueva York, y a la gente que me escucha, pero quiero mucho más a Connecticut. Me vuelvo a casa.

—Pero . . . pero . . . pero —titubeó Tucker, desconcertado.

Orfeo

—Lo siento, Tucker, pero ya lo he decidido —añadió Chester.

—¿Y Mario? —preguntó el ratón.

—Él quiere que yo sea feliz —respondió Chester—. Él mismo ha dicho que si no iba a ser feliz aquí, ojalá no hubiera venido.

—¡Pero todos los seres humanos . . . ! —exclamó Tucker, agitando sus patas delanteras—. Todos los desgraciados que encuentran alivio en tu música, ¿qué va a ser de ellos?

—Mi música también alegra a las gentes de Connecticut.

—¿A quiénes? —preguntó Tucker Ratón, con desprecio.

—Oh, pues, a las marmotas, a los faisanes, a los patos, a los conejos y a todos los que viven en la pradera o el arroyo. Una vez me dijo una rana que le gustaba mi música más que nada en el mundo, salvo el sonido de la lluvia sobre la superficie del charco donde vivía. Y en otra ocasión un zorro perseguía a un conejo alrededor de mi tronco y ambos se detuvieron al oír mi música.

—¿Y qué pasó? —preguntó Tucker.

—Pues que el conejo consiguió llegar a su madriguera —dijo Chester—. Yo empecé la canción favorita del zorro cuando estaba a punto de atrapar al conejo; pero prefirió quedarse a escucharla. No podría hacer eso por ningún ser humano en la estación de metro.

—Yo no estaría tan seguro —dijo Tucker Ratón. Luego se dirigió al gato:

—Harry, di algo. Haz que se quede.

Un Grillo en Times Square

—Sí, Harry —dijo Chester—. Tú, ¿qué opinas?

Harry Gato permaneció totalmente quieto durante unos instantes. Sus bigotes se movían en una señal inequívoca de que estaba pensando en algo.

—Yo creo —dijo por fin— que se trata de la vida de Chester y que debe hacer lo que crea mejor. ¿De qué le sirve la fama si no es feliz? Otras muchas estrellas se han retirado en la cumbre de sus carreras. Para ser honesto, tengo que decir que sentiría muchísimo que se fuera, pero . . .

Tucker Ratón se rascó la oreja izquierda, y esto siempre era una buena señal. Algo de esa frase, "la cumbre de sus carreras", le había llamado la atención.

—Sería glorioso. Justo cuando está en la cima. ¡Qué gesto! —La idea tomó cuerpo en su cabecita de ratón—. Lo veo clarísimo. En la cumbre de su éxito, tal como tú has dicho, Harry, ¿verdad?

—Igualito —dijo Harry, sonriendo a Chester.

—En la cumbre de su éxito, ¡desaparece! —Tucker corrió por la repisa—. Los de los periódicos se volverán locos: ¿Dónde está? ¿A dónde se ha ido? Nadie lo sabe. Deja tras él sólo un bello recuerdo. ¡Qué emocionante! ¡Qué bonito! —se le quebró la voz.

—Lo único que me sigue preocupando es qué va a ser del quiosco si me marcho —dijo Chester Grillo.

—No te preocupes por eso —le tranquilizó Harry Gato—. Este quiosco ha sido tocado por el dedo dorado de la suerte. Probablemente lo convertirán en monumento nacional.

—¿De veras lo crees?

—Bueno, aunque no lo hagan —contestó Harry—,

estoy seguro de que los Bellini seguirán teniendo éxito con el negocio. También ellos son famosos ahora.

—¿Cuándo piensas dar el último concierto? —preguntó Tucker.

Chester pensó durante un momento.

—Hoy es jueves —dijo—. ¿Qué les parece si mañana ofrezco una gala final?

—El viernes es un día estupendo para retirarse —dijo el ratón—. Si alguna vez me retiro del negocio de vivir de gorra, lo haré un viernes.

Chester Grillo dejó escapar un profundo suspiro.

—¡Oh! Ahora me siento mucho mejor —dijo—. Si quieres que aprenda nuevas canciones, estoy dispuesto.

—Déjalo —dijo Harry gato—. Ésta es la última noche que vas a pasar en Nueva York. Más vale que la disfrutes.

—¡Ven al desagüe! —exclamó Tucker—. Haremos una fiesta para celebrar tu retirada. Tengo montones de comida, ¡y ni un solo fósforo en casa!

Así que los tres amigos se dirigieron, saltando, corriendo y andando lentamente, hacia la casa de Tucker, donde les esperaba todo un festín de despedida. Y disfrutaron muchísimo.

Al día siguiente, a las seis menos cinco de la tarde, Chester comenzó a interpretar la última melodía que iba a tocar en Nueva York. Era la tarde del viernes, la más movida de la semana. Además de los trabajadores que volvían a casa, la estación era un hormiguero de mujeres y hombres que abandonaban la ciudad para pasar el fin de semana en el campo y que iban camino a la estación de Grand Central. Pero todos se detuvieron para escuchar a Chester. Había tanta gente amontonada alrededor del

quiosco que la policía tenía que mantener los pasillos despejados con cuerdas.

El grillo finalizó su más bello concierto. Como último bis quiso ofrecer el sexteto de una ópera titulada *Lucía de Lammermoor*. Esa pieza había sido escrita para seis personas, pero como Chester, a pesar de su gran talento, sólo podía interpretar una de ellas, eligió la voz de tenor, que llevaba la melodía casi todo el tiempo.

Ellos no lo sabían, pero Chester interpretaba el sexteto en honor de la familia Bellini, ya que era el preferido de toda la vida de papá, y a mamá y a Mario también les gustaba mucho. Chester quería que siempre le recordaran tocando esa pieza. Cuando sonaron los primeros acordes, papá dejó escapar un profundo suspiro y con los ojos cerrados se acomodó en el taburete. Mamá se apoyó en la pared del quiosco, con la cabeza recostada en la mano. Al oír aquella melodía familiar, casi sin querer dejó que una sonrisa le cubriera la cara. Mario, agachado sobre la jaula de Chester, miraba fascinado cómo el grillo movía sus alas cuando tocaba, y se sintió muy orgulloso de que el genio al que todos escuchaban fuera su amigo.

En la boca del desagüe, Harry y Tucker permanecían sentados uno al lado del otro. Los dos amigos eran los únicos que sabían que se trataba del último concierto, y escuchaban con aire solemne y cierta tristeza. Pero la música de Chester era tan dulce que no podían evitar sentirse también felices.

—Es el sexteto de *Luchi la Murmurante* —dijo Tucker Ratón, quien en la última semana parecía haberse convertido en un experto en temas musicales.

Un Grillo en Times Square

—Es una lástima que no haya cinco grillos más como Chester —comentó Harry—. Podrían haber interpretado toda la obra.

Después, también ellos dos se callaron, y mientras duró la música nadie movió un pelo ni un bigote.

La música de Chester llenó la estación. Los círculos de personas se extendían desde el quiosco como se extienden las ondas alrededor de una piedra que cae al agua. Y mientras la gente escuchaba, se les transformaba la cara: los ojos preocupados se volvían tiernos y apacibles, las lenguas dejaban de charlar, y tantos oídos ensordecidos por el ruido de la ciudad descansaban al escuchar la melodía del grillo.

Los dueños de los otros quioscos al oír a Chester dejaron de pregonar sus periódicos y revistas. Mickey, el camarero, dejó de servir Coca-Cola. Las tres dependientas de la bombonería Loft's también salieron a la puerta. Y hasta los viajeros que subían desde el andén inferior se detuvieron antes de pedir información a la policía. Nadie quería romper el silencio que se había apoderado de la estación.

Por encima de la jaula del grillo, a través de la rejilla existente en la acera, la música ascendió hasta la calle. Un hombre que caminaba por Broadway se detuvo a escuchar. Luego se detuvo otro. En un momento, un pequeño grupo de gente miraba hacia la rejilla.

—¿Qué pasa?

—¿Un accidente?

—¿Qué sucede?

Los murmullos se iban extendiendo a toda la multitud.

Orfeo

Pero en cuanto se produjo un instante de silencio todos pudieron escuchar la música.

La gente inundó la acera y comenzó a llenar la calzada. Un agente de la policía tuvo que parar el tráfico, y entonces todos los que viajaban en los coches pudieron oír también a Chester. Es difícil imaginar que el sonido de un grillo pueda llegar tan lejos, pero cuando todo es silencio la música aguda se deja oír a millas de distancia.

El tráfico se había detenido por completo: los autobuses, los coches, los hombres y mujeres que transitaban por las calles ... Y lo más extraño es que a nadie le importaba. Por una sola vez, en el corazón de la ciudad más bulliciosa del mundo, todos estaban contentos y tan quietos que casi ni respiraban. Durante aquellos pocos minutos, Times Square permaneció tan silenciosa como una pradera al atardecer. El sol brillaba sobre las personas, y la brisa se movía entre ellas como si fueran altas hojas de hierba.

QUINCE

La estación
de Grand Central

Después del concierto, mamá y papá Bellini tuvieron que marcharse. Dejaron a Mario a cargo del quiosco y le dijeron que volverían más tarde para ayudarle a cerrar. El muchacho sacó a Chester de su jaula y dejó que se le posara en un dedo. Se alegraba de tener algo de tiempo para ellos solos, por variar.

Primero sacó un letrero de cartón donde había escrito: PRÓXIMO CONCIERTO: 8 A.M. y lo apoyó contra la jaula.

—Así la gente dejará de preguntarnos cuándo volverás a tocar —dijo.

Chester cantó, pero él sabía que no iba a tocar el día siguiente a las ocho.

—Ahora vamos a cenar —dijo Mario. Desenvolvió un bocadillo de huevo frito para él y trajo una hoja de morera del cajón para Chester (las hojas de morera se guardaban al lado de las monedas de veinticinco centavos). Para postre, tenían una barra de chocolate Hershey, una esquinita para Chester y el resto para Mario.

Después de la cena empezaron a jugar. El de los saltos era un juego que les gustaba mucho. Mario cerraba el puño y Chester tenía que saltar por encima de él. El truco consistía en que Mario podía poner el puño donde

quisiera, dentro del quiosco, y Chester tenía que cruzar hasta el otro lado. Mantenían la competición durante media hora. Chester tenía treinta y cuatro saltos buenos frente a cinco saltos malos, lo cual era considerable en vista de los sitios tan difíciles en los que a Mario se le ocurría poner su puño.

También se divertían jugando al escondite. Mario cerraba los ojos y contaba, mientras Chester se escondía en algún rincón del quiosco. Como había periódicos por todas partes y él era bastante pequeño, encontraba muchos sitios donde ocultarse. Si después de algunos minutos Mario no le encontraba, Chester le daba una pista, frotando sus alas. Pero era difícil saber si el sonido procedía de detrás del despertador o de la caja de pañuelos o del interior de la caja registradora. Si Chester tenía que emitir su sonido tres veces, se entendía que él había ganado el juego.

Hacia las diez Mario empezó a bostezar y dejaron de jugar. El chico estaba sentado en el taburete, con la espalda apoyada en la pared del quiosco, y Chester le ofreció un recital exclusivo. No interpretó ninguna de las piezas que había aprendido, simplemente inventó sus propias piezas sobre la marcha. Tocó muy bajito, para que la gente de la estación no le oyera. Quería que fuera sólo para Mario. Mientras escuchaba, los ojos del muchacho se cerraron lentamente y su cabeza cayó hacia un hombro. Pero incluso a través de su sueño seguía oyendo el canto plateado de su grillo.

Chester terminó su canción y se sentó en la repisa, mirando a Mario. Desde el suelo se oyó un "Pssst", igual que en su primera noche en el quiosco. El grillo miró hacia abajo y ahí estaba Tucker de nuevo. A Chester le llamó la atención la curiosa pero amable expresión que siempre tenía el ratón en sus ojos.

—Tienes que darte prisa —susurró Tucker—. Harry ha encontrado un horario y tu tren sale dentro de media hora.

—Vengo en un momento —dijo Chester.

—Vale —contestó el ratón, y cruzó corriendo la estación.

La mano derecha de Mario descansaba, medio cerrada, en su regazo. Chester saltó hasta ella. En su sueño, el muchacho sintió algo y cambió de posición. Chester temía que se despertara, pero Mario tan sólo se acomodó un poco. El grillo levantó las alas y las frotó con delicadeza. Aquel sonido contenía todo su amor y también un adiós. Mario sonrió al oír las notas familiares.

Chester miró a su alrededor, observando el quiosco. Vio la caja de pañuelos de papel, el despertador y la pipa de papá. Cuando llegó a la caja registradora, se fijó en ella. Saltó al borde del cajón y se adentró en la oscuridad. Cuando volvió a salir, tenía la campanita de plata en una de sus patas delanteras. La apretó contra él para enmudecer su tintineo, y saltó al taburete, luego al suelo, y por último salió por la grieta.

—¿Para qué quieres la campana? —le preguntó Tucker cuando Chester llegó al desagüe.

—Es mía. Mario lo dijo. Y quiero tenerla como recuerdo.

Tucker Ratón revolvió cosas en la esquina que le servía de despensa, y encontró un diminuto paquete cerrado con cinta adhesiva.

La estación de Grand Central

—Te he preparado algo de cenar para el viaje —dijo—. Nada del otro mundo. Bueno, quiero decir . . . por supuesto que todo es delicioso: un trozo de bocadillo de carne y una galleta de chocolate. Pero nada es demasiado bueno para semejante talento.

—Gracias, Tucker —dijo Chester.

Quiso decirlo con alegría, pero las palabras le salieron entrecortadas.

—Bueno, supongo que debemos irnos ya —sugirió Harry Gato.

—Supongo que sí —dijo Chester.

Miró una vez más desde el desagüe hacia la estación. Desde las vías se oyó el rumor del "shuttle". Mario seguía durmiendo en el quiosco. Las luces de neón iluminaban todo con su tono azul verdoso. El grillo quería recordar todos los detalles.

—Es curioso —dijo—, a veces la estación de metro casi resulta algo bello.

—Yo siempre he pensado lo mismo —corroboró Tucker.

—Vamos —dijo Harry.

Tucker y él subieron con Chester hasta la calle.

Fuera, la noche era fresca y despejada, ni tan calurosa como en el verano ni tan fresca como en el otoño. Chester saltó a la espalda de Harry y se agarró a sus pelos. Seguramente podría haber ido a Grand Central él solo saltando, pero le ahorraba mucho tiempo el ir montado en el lomo de Harry. Y cruzar las calles podría haber sido más que problemático para un grillo criado en Connecticut. Pero Tucker y Harry eran unos expertos en viajar por la ciudad. Ni un solo ser humano los vio mientras andaban sigilosamente bajo los coches aparcados en la Calle 42.

Cuando llegaron a la estación, Harry los guió a través de un laberinto de tuberías, salas abandonadas y pasillos escondidos, hasta el nivel donde se encontraban los trenes. Harry Gato era un gran explorador y conocía la mayor parte de las entradas y salidas secretas de la ciudad de Nueva York.

El último expreso local salía de la vía 18. Chester saltó a la plataforma trasera del último vagón y se acomodó en una esquina resguardada del viento. Sólo faltaban unos minutos para la salida del tren.

—¿Cómo sabrás que llegas a Connecticut? —le preguntó Tucker—. Cuando saliste de allí estabas bajo un montón de bocadillos de carne asada.

—¡Oh, lo sabré! —exclamó Chester—. Oleré los árboles y sentiré el aire. Así lo sabré.

Nadie dijo nada. Éste era el momento más difícil de todos.

—A lo mejor puedes venir a visitarnos el verano que viene —dijo Harry Gato—. Ahora que conoces el camino . . .

—Sí, una nueva gira de conciertos en el quiosco —dijo Tucker.

—A lo mejor puedo —dijo Chester.

Se produjo otra pausa. Entonces el tren arrancó con fuerza, y en cuanto empezó a moverse, los tres amigos se dieron cuenta de que todavía les quedaban millones de cosas por decir. Harry le gritó a Chester que se cuidara y Tucker le dijo que no se preocupara por los Bellini, que él velaría por ellos. Chester decía adiós una y otra vez.

Por un momento, los dos que se quedaban pudieron ver cómo el grillo se despedía con la mano. Luego el tren se adentró en la oscuridad del túnel y lo perdieron de vista. Esforzaron su mirada a través de la oscuridad.

—¿Oíste otro canto? —preguntó Tucker, después de unos momentos.

—Vamos, Tucker, volvamos a casa —dijo Harry.

Juntos, volvieron a Times Square y bajaron al desagüe. Ninguno de los dos dijo ni una palabra. Miraron hacia el quiosco, donde Mario seguía durmiendo.

—Va a sentirse muy triste —dijo Tucker.

Mamá y papá Bellini subieron las escaleras desde el nivel inferior. Mamá jadeaba por el esfuerzo. Papá agitó suavemente el hombro de Mario, para despertarle. De repente, los jadeos de mamá pararon, y dijo:

—¿Dónde está el grillo?

Buscaron en todo el quiosco, pero no dieron con él. Mamá estaba segura de que el hombre que había intentado robar la campana había vuelto para secuestrarle. Quería llamar a la policía. Papá pensó que a lo mejor había salido a tomar el aire, pero Mario no decía nada, sólo pensaba.

Miró en todos los compartimentos del cajón y acabó por sacarlo. El hueco del fondo sólo contenía el pendiente de mamá.

—No volverá —dijo Mario.

—¿Cómo lo sabes? —preguntó papá.

—Falta la campana —contestó Mario—. Ustedes, el

La estación de Grand Central

grillo y yo éramos los únicos que sabíamos dónde estaba escondida. Si un ladrón se la hubiera llevado, también habría robado el dinero de la caja. Mi grillo ha vuelto a casa y se ha llevado su campana —y su voz se apagó bruscamente, pero enseguida añadió con decisión—: Y yo me alegro.

Mamá estaba a punto de exclamar que no lo creía, pero papá puso la mano en su brazo y dijo que no estaba seguro pero que podía ser cierto. Mario no añadió nada más porque él sí estaba seguro. Colocaron la cubierta del quiosco y bajaron a esperar su tren.

Tucker Ratón miró a Harry Gato.

—Él lo sabe —dijo.

Harry enroscó su cola y dijo:

—Sí, lo sabe.

Los dos se sintieron tan aliviados que durante unos instantes ninguno se movió. Ahora todo estaba bien. Chester se había ido, pero todos habían aceptado su marcha. Después de un rato, se adentraron en el desagüe para acostarse en el nido de periódicos. Pero ninguno de los dos conseguía dormirse.

Tucker Ratón cambió de postura.

—Harry.

—Sí —contestó Harry Gato.

—Quizás el verano que viene podamos irnos al campo.

—A lo mejor.

—Quiero decir, a Connecticut —dijo Tucker.

—Yo sé lo que quieres decir.